AF809575

चॉकलेट की वैश्विक राजधानी
बेल्जियम

मेरी विदेश यात्राएँ : छह

चॉकलेट की वैश्विक राजधानी

बेल्जियम

रमेश पोखरियाल 'निशंक'

प्रभात प्रकाशन

प्रकाशक • **प्रभात प्रकाशन प्रा. लि.**
4/19 आसफ अली रोड,
नई दिल्ली–110002
सर्वाधिकार • सुरक्षित
संस्करण • प्रथम, 2021
मूल्य • दो सौ पचास रुपए
मुद्रक • आर–टेक ऑफसेट प्रिंटर्स, दिल्ली

Chocolate ki Vaishvik Rajdhani BELGIUM
by Shri Ramesh Pokhriyal 'Nishank' ₹ 250.00
Published by Prabhat Prakashan Pvt. Ltd., 4/19 Asaf Ali Road, New Delhi-2
e-mail: prabhatbooks@gmail.com ISBN 978-93-90366-66-8

दो शब्द

यूरोप दौरे में मेरी बेल्जियम की यात्रा थी, लेकिन अपने अल्प प्रवास में ही मैं इस देश से अच्छा-खासा प्रभावित रहा। मुझे लगा चॉकलेट, हीरे, फुटबॉल, यूरोपियन यूनियन की राजधानी, वास्तु-कला के अतिरिक्त बेल्जियम में काफी कुछ ऐसा है, जहाँ से बहुत कुछ सीख सकते हैं। बेल्जियम की एक समृद्ध ऐतिहासिक विरासत और संस्कृति रही है, जिसका आप चित्रों, संगीत, साहित्य, नक्शानवीसी और वास्तुकला में साक्षात् दर्शन कर सकते हैं।

बेल्जियम भले ही सबसे छोटे यूरोपीय देशों में से एक है, फिर भी इसके पर्यटन स्थल पर्यटकों से भरे रहते हैं। ये पर्यटन स्थल इस देश के समृद्ध इतिहास और परंपराओं की कहानियाँ बयाँ करते हैं। बेल्जियम के बारे में कई अनूठी, बेजोड़ बातें हैं, जो अनायास ही आपका ध्यान अपनी ओर आकर्षित कर लेती हैं। बेल्जियम में दुनिया की सबसे बड़ी संख्या में प्रति वर्गमीटर महल हैं। कुछ क्षेत्रों में प्रति गाँव दो महल भी हैं। इनमें से कुछ को यूनेस्को द्वारा धरोहर घोषित किया गया है। मुझे बेल्जियम की इस खासियत ने भी खासतौर से प्रभावित किया है कि वहाँ पर विश्व के श्रेष्ठ संस्थानों के कॉपोरेट मुख्यालयों की बड़ी संख्या है, बेल्जियम इन्हें बड़ा महत्त्व देता है और उन्हें आकर्षित करने के लिए हर संभव प्रयास करता है।

मुझे यह जानकर हैरानी हुई कि इस छोटे से देश में लगभग 120 अंतरराष्ट्रीय सरकारी संगठनों के साथ-साथ यहाँ 1,400 गैर-सरकारी संगठन विद्यमान है। वहीं 181 दूतावासों में 3,000 राजनयिकों के साथ ब्रुसेल्स विश्व में अपनी अनूठी पहचान रखता है। ब्रुसेल्स 2,000 से अधिक बहुराष्ट्रीय संगठनों के यूरोपीय मुख्यालय के साथ-साथ यूरोपीय संघ और सामरिक रूप से अत्यंत महत्त्वपूर्ण उत्तरी अटलांटिक संधि संगठन (नाटो) का मुख्यालय भी है।

बेल्जियम में समृद्ध विरासत एवं परपंराएँ, विश्वविद्यालय, स्थापत्य कला को समेटे भवन, शिक्षा के उत्कृष्ट केंद्र, युद्ध स्मारक, मनमोहक प्राकृतिक छटा के अतिरिक्त अत्यंत दोस्ताना संबंध वाले लोग हैं।

प्रस्तुत पुस्तक के माध्यम से बेल्जियम पर जानकारी उपलब्ध कराने का प्रयास किया है। बेल्जियम पर हिंदी में पुस्तकों का अभाव है। मुझे आशा है कि पाठकों को मेरा यह प्रयास अवश्य पसंद आएगा।

—रमेश पोखरियाल 'निशंक'

अनुक्रम

1
ब्रुसेल्स की यात्रा

बेल्जियम को देखने की उत्सुकता लंबे समय से थी, इसलिए अपनी यूरोपियन यात्रा के दौरान फ्रांस का कार्यक्रम समाप्त कर मैंने ब्रुसेल्स जाने की योजना बनाई। मुझे बेल्जियम स्थित भारतीय एसोसिएशन द्वारा लंबे समय से आमंत्रित किया जा रहा था। एसोसिएशन के अध्यक्ष श्री तरसेम सिंह शेरगिल भारत में मुझसे मिलकर कई बार आमंत्रण दे चुके थे।

पेरिस से ब्रुसेल्स जाने के तीन विकल्प हैं—सड़क मार्ग से, हवाई मार्ग से और रेल मार्ग से। सबसे सुविधाजनक यहाँ के लिए सीधी उड़ान है। ब्रुसेल्स-पेरिस उड़ान का समय 55 मिनट है। जाहिर तौर पर स्टॉपओवर के साथ कनेक्टिंगस फ्रलाइट्स और सीधी उड़ानों को नॉन-स्टॉप उड़ानों की तुलना में अधिक समय लगता है। मुझे यह जानकर अच्छा लगा कि पेरिस ब्रुसेल्स के मध्य सीधी बस सेवा भी है। ये बसें हर दो घंटे में प्रस्थान करती हैं और हर रोज चलती हैं। यात्रा लगभग 4 घंटे की होती है। एक आरामदायक विकल्प के रूप में ट्रेन भी है, जो पेरिस से ब्रुसेल-ज्यूड/ब्रुक्सिलेस-मिडी तक का सफर लगभग 1 घंटा 30 मिनट में पूरा करती है। यह ट्रेन जापान की बुलेट ट्रेन की तरह अत्यंत तेज गति से चलनेवाली आरामदायक ट्रेन है। ब्रुसेल्स पेरिस के मध्य कई गाड़ियाँ चलती हैं और इनका किराया भी अपेक्षाकृत किफायती रहता है। देखा जाए तो सर्वाधिक आरामदायक ट्रेन का सफर है।

पेरिस की सडकों पर ट्रैफिक

बेल्जियम के लिए मेरे विशेष आकर्षण का एक बड़ा कारण यह देखना भी था कि इस छोटे देश ने कैसे अपने को यूरोप के महत्त्वपूर्ण और समृद्ध देशों में शुमार कर संपूर्ण विश्व में जीवन की तुलनात्मक रूप से उच्च गुणवत्ता के लिए ख्याति प्राप्त की है। बेल्जियम की महत्ता का कारण यह भी है कि यह उन छह देशों में से एक है, जिसने यूरोपीय संघ की स्थापना में मुख्य भूमिका निभाई। यूरोजोन एवं नाटो के संस्थापक सदस्य के रूप में बेल्जियम यूरोप की राजनीति का महत्त्वपूर्ण स्तंभ है, ब्रसेल्स-राजधानी क्षेत्र बेल्जियम की सबसे बड़ी नगरपालिका और ऐतिहासिल्क केंद्र है और बेल्जियम की राजधानी है। यह यूरोपीय संघ का प्रशासनिक केंद्र है। ब्रुसेल्स की सड़कों पर घूमते हुए वहाँ के भवनों की स्थापत्य कला काफी प्रभावित करती है। ब्रुसेल्स में आर्ट नोव्यू और आर्ट डेको इमारतों की बहुतायत है।

आर्ट नोव्यू की शैली 1890 से 1920 के काल की वास्तुकला, डिजाइन और ग्राफिक्स में पाई जाती है। बेल्जियम आर्ट नोव्यू के विकास में सबसे महत्त्वपूर्ण देशों में से एक है, जैसा कि नाम से पता चलता है, शैली को पारंपरिक डिजाइन के साथ एक व्यवधान माना मुझे बताया गया कि औद्योगिक क्रांति के पश्चात् जाता था। यह फूलों और पौधों जैसा प्राकृतिक आकृतियों से प्रेरित था। ब्रुसेल्स विज्ञान और कला के लिए एक केंद्र बन गया।

पूँजीपति वर्ग ने भवन निर्माण की इस नई शैली में पैसा लगाया और ये शानदार भवन आज भी कमोवेश ब्रुसेल्स की सड़कों को सुशोभित करते हैं। आम लोगों के घर बेहद खूबसूरत लगते हैं, भारत के विपरीत इन घरों में बहुत कम लोग दिखाई दे रहे थे, जो लोग दिख रहे थे, उनमें वृद्ध ज्यादा थे।

हमारे मेजबान द्वारा बताया गया कि यहाँ पर जनसंख्या घनत्व काफी कम है। लोग संयुक्त परिवारों में नहीं रहते। अकेले रहने में लोगों में अकसर डिप्रेशन या अवसाद की शिकायत रहती है, इसलिए यहाँ पर लोग पालतू जानवरों को ज्यादा पालते हैं। बेल्जियम की एक लंबी और समृद्ध ऐतिहासिक विरासत और संस्कृति है, जिसे चित्रों, संगीत, साहित्य, नक्शानवीशी और वास्तुकला में चित्रित किया गया है।

मुझे बेल्जियम की इस खासियत ने हमेशा से प्रभावित किया है कि वहाँ पर विश्व के श्रेष्ठ संस्थानों के कॉरपोरेट मुख्यालय की बड़ी उपस्थिति है। बेल्जियम अंतरराष्ट्रीय कॉरपोरेट जगत् की उपस्थिति को बड़ा महत्त्व देता है और उन्हें आकर्षित करने के लिए हर संभव प्रयास करता है। कॉरपोरेट मुख्यालय को आकर्षित करने में बेल्जियम कि विशेषज्ञता न केवल एक क्षेत्र को लाभान्वित करती है, बल्कि यह अपने आप में एक क्रॉस-सेक्टर गतिविधि मानी जाती है। बेल्जियम अपने यहाँ

पर सकारात्मक वातावरण देकर इस उच्च मूल्यवर्धित सेवा गतिविधि का सफलतापूर्वक निर्वहन कर रहा है। जिससे न केवल बेल्जियम, बल्कि अन्य देश लाभान्वित होते हैं। ब्रुसेल्स कंपनियों के लिए अपना यूरोपीय और क्षेत्रीय मुख्यालय स्थापित करने के आकर्षक स्थान है। वैश्वीकरण के इस दौरे में यह दिलचस्प है कि अपनी रणनीतिक कुशलता से बेल्जियम ने इस दौर में कंपनियों को बेल्जियम में अपना कॉरपोरेट मुख्यालय स्थापित करने के लिए प्रेरित करने में सफलता पाई है।

चाहे परिवहन हो, ढाँचागत अवस्थापना हो, स्वास्थ्य सेवाओं का विस्तार हो या चाहे संचार अवसंरचना हो, बेल्जियम इन क्षेत्रों में उत्कृष्ट सेवाओं की पेशकश करते दिखता है। सैकड़ों अमेरिकी, जापानी और अन्य बहुराष्ट्रीय कंपनियों ने पहले ही बेल्जियम में अपने यूरोपीय मुख्यालय की स्थापना की है। जनरल इलेक्ट्रिक, आई.बी.एम., टोयोटा, माइक्रोसॉफ्रट, मोनसेंटो, फाइजर और लेवीस्ट्रॉस एंड कंपनी, जैसे बहुराष्ट्रीय कंपनियों ने ब्रसेल्स में यूरोपीय या क्षेत्रीय कार्यालय स्थापित किए हैं। बेल्जियम यूरोपीय और क्षेत्रीय मुख्यालय है, जो दुनिया भर की बहुराष्ट्रीय कंपनियों द्वारा स्थापित किया गया है। हमारे मेजबानों ने हमें बताया कि प्रसिद्ध शहर जेंट शहर ब्रसेल्स से ई-40 के माध्यम से एक घंटे की ड्राइव है। समय के अभाव के कारण हम यहाँ नहीं जा पाए। प्रसिद्ध जेंट विश्वविद्यालय इसी स्थान पर है, जहाँ पर काफी भारतीय बच्चे पढ़ते हैं। शहर एक आकर्षक सांस्कृतिक केंद्र है, जो अपने उत्कृष्ट शैक्षणिक संस्थानों के लिए जाना जाता है। यहाँ के लोग गर्मजोशी के साथ मेहमान नवाजी के लिए एवं चिंतामुक्त व्यवहार के लिए जाने जाते हैं।

बेल्जियम-फ्रांस सीमा पर प्रथम विश्वयुद्ध का स्मारक

सुंदर ब्रूज और जेंट के विपरीत पर्यटकों की भीड़ के साथ ब्रुसेल्स बेल्जियम का मुख्य सामाजिक, आर्थिक और शैक्षणिक केंद्र है, जो शहर को अन्य शहरों की तुलना में अधिक व्यस्ततम बनाता है। बेल्जियम के शहरी जीवन को दरशाते इसके शानदार रेस्तराँ और कैफे संस्कृति की एक झलक देते हैं। संग्रहालयों और कला दीर्घाओं के साथ ही कलात्मक स्थलों के साथ ब्रुसेल्स आगंतुकों को बाँधे रखने में सक्षम है। ब्रसेल्स में घूमने के लिए कुछ बेहतरीन जगहों में पुराने शहर के क्वार्टर पुरानी

वास्तुकला के कुछ अद्भुत अवशेष आपका ध्यान बरबस अपनी ओर आकर्षित करते हैं। ब्रुसेल्स में घूमने के लिए कुछ बेहतरीन स्थानों में निश्चित रूप से कुछ विश्व स्तरीय संग्रहालयों, कला दीर्घाओं और पुराने शहर के क्वार्टर हैं, जो पुरानी समृद्ध वास्तुकला के अवशेष है।

विश्वयुद्ध में शहीद भारतीय सैनिकों का शिलापट्ट

बेल्जियम में भारतीयों की संख्या के बारे में बताया गया कि यह बीस हजार से कुछ ज्यादा है, अधिकतर लोग पेशेवर हैं, विशेषकर आई.टी. के क्षेत्र में काफी लोग यहाँ पर हैं। पहले के मुकाबले विद्यार्थियों की अच्छी-खासी संख्या यहाँ पर है। गुजरात के पालनपुर जिले के प्रवासियों के एक वर्ग ने डायमंड व्यवसाय में यहूदी समुदाय के साथ काम करने के लिए एंटवर्प के बंदरगाह शहर में प्रवेश किया, आखिरकार उन्होंने अपना स्वयं का काम पूरी तरह से जमा लिया।

मेरे मित्रों में से दो सज्जन एंटवर्प से आए थे। मुझे बताया गया कि बड़ी संख्या में यहाँ पर हीरे के कारोबार में भारतीय लोग लगे हुए हैं। बेल्जियम में हीरे का व्यापार भारतीयों के नियंत्रण में है। यह भी बताया गया कि इस व्यापार में गुजराती लोगों का वर्चस्व है। इतने दूरदराज के देश में अपने लोगों की श्रेष्ठता देखकर खुशी होती है।

अशोक चिह्न के साथ

जब हम एंटवर्प में हीरा उद्योग में गुजरातियों के बारे में बात करते हैं तो वास्तव में सिर्फ दो समुदायों का जिक्र करते हैं, जो पूरा व्यापार चला रहे हैं—पालपुरी जैन और कटियावाड़ी पटेल। एंटवर्प बेल्जियम का दूसरा सबसे बड़ा शहर और दुनिया की हीरे की राजधानी है। दुनिया भर में बेचे जानेवाले हीरों में से आधे से अधिक इस शानदार शहर से होकर गुजरते हैं। एंटवर्प फ्रलैंडर्स में सबसे अधिक आबादी वाला शहर

है और इसका बंदरगाह यूरोप में दूसरा सबसे बड़ा बंदरगाह है। एंटवर्प के हीरे के व्यापार को लंबे समय से यहूदी समुदाय द्वारा नियंत्रित किया गया था, जो बड़े पैमाने पर उस समय रूढ़िवादी समुदाय माना जाता था; हालाँकि दूसरे विश्वयुद्ध के दौरान शहर की पैंसठ प्रतिशत यहूदी आबादी खत्म हो गई थी, लेकिन जो लोग रह गए थे, वे वहाँ से भाग गए। हजारों मील दूर आकर गुजराती लोग कैसे इस व्यापार में सफल हुए इसका मुख्य श्रेय उनकी मेहनत, आपसी सहयोग, विश्वसनीयता और काम में महारथ को दिया जा सकता है। प्रतिस्पर्धा को कम करने के लिए क्रेडिट पर लंबी अवधि की खरीदारी की पेशकश, गुजरातियों को एंटवर्प में अपना वर्चस्व बनाने में सहायक रही।

स्मारक का अवलोकन करते हुए

वहाँ भी प्रदर्शन करना आम बात है

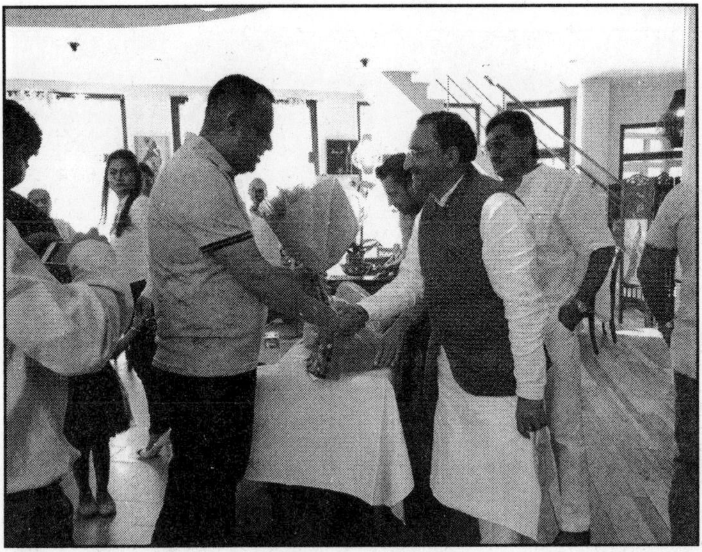

भारतीय समुदाय द्वारा स्वागत

भारतीय समुदाय के साथ

इंडियन एसोसिएशन के साथ

भारतीय प्रतिनिधि मंडल से बातचीत करते

ब्रुसेल्स में मुझे भारतीय दूतावास जाने का मौका मिला, पर वहाँ पर दूतावास अधिकारियों से भारत–बेल्जियम संबंधों के बारे में विस्तृत चर्चा हुई। मुझे यह जानकर प्रसन्नता हुई कि भारत और बेल्जियम के संबंध अत्यंत मित्रतापूर्ण हैं और दोनों देशों के बीच आपसी व्यापार को बढ़ावा देने हेतु काफी कदम उठाए जा रहे हैं। संयोग ऐसा हुआ कि उस दिन दूतावास में राजदूत नहीं थी। मुझे यह भी बताया गया कि यूरोपियन यूनियन का मुख्यालय होने के कारण ब्रुसेल्स कार्यालय काफी व्यस्त रहता है, क्योंकि शिष्टमंडलों का आना–जाना लगा रहता है।

दूतावास में अधिकारियों से विदा लेकर हम भारतीय रेस्टोरेंट में भोज हेतु गए। इंडियन एसोसिएशन द्वारा दोपहर के भोज का आयोजन किया गया था। इस अवसर पर भारतीय एसोसिएशन द्वारा सम्मान प्रदान किया गया। देश से हजारों मील दूर अपने लोगों के बीच भारतीय भोजन पर बातें करते हुए काफी अच्छा लगा। मुझे बताया गया कि बेल्जियम

में शाकाहारी भोजन मिलना कठिन रहता है। भोज के दौरान उपस्थित सभी लोगों ने अपने बारे में बताया एवं अपने-अपने कार्य क्षेत्र के विषय में विस्तृत चर्चा की। विदेशों में भारतीय लोगों से मिलकर उनकी उपलब्धियों के बारे में जानकर गर्व की अनुभूति होती है।

शाम को रेलवे पर भावपूर्व विदाई देने काफी लोगों का पहुँचना मन को छू गया। सभी लोगों को शुभकामनाएँ दीं और फिर से मिलने का वादा कर हम वापस पेरिस के लिए रवाना हो गए। हाँ, जाते-जाते हमारे मित्रों ने विश्वप्रसिद्ध चॉकलेट्स के डिब्बे थमा दिए। मैंने दोबारा आने का वादा करते हुए हाथ हिलाकर इन बेहतरीन उपहारों के लिए धन्यवाद किया।

□

2

बेल्जियम का परिचय

बेल्जियम सबसे छोटे यूरोपीय राष्ट्रों में से एक है। यह उत्तर-पश्चिमी यूरोप का एक अत्यंत महत्त्वपूर्ण हिस्सा है और नीदरलैंड, फ्रांस, जर्मनी और लक्जमबर्ग के साथ इसकी सीमाएँ लगती हैं। बेल्जियम की राजधानी ब्रुसेल्स यूरोपीय संघ (ईयू) और उत्तरी अटलांटिक संधि संगठन (नाटो) जैसे कई अंतरराष्ट्रीय संगठनों के मुख्यालयों का आश्रय-स्थल भी है। बेल्जियम की मुद्रा 'यूरो' है। यह आर्थिक और सांस्कृतिक रूप से एक समृद्ध तथा विषम देश है। इसकी राष्ट्रीय भाषाएँ डच, फ्रेंच और जर्मन हैं। नीदरलैंड से 1830 में अपनी स्वतंत्रता के बाद से बेल्जियम 363 निवासियों के प्रति वर्ग किलोमीटर के घनत्व के साथ सबसे घनी आबादी वाले यूरोपीय देशों में एक है।

स्वतंत्रता के बाद बेल्जियम एक वंशानुगत संवैधानिक सम्राट् की अध्यक्षता में एक प्रतिनिधि लोकतंत्र रहा है। बेल्जियम में शुरू में सरकार का एकात्मक रूप था, लेकिन 1980 और 1990 के दशक में इसे फ्लैंडर्स, वालोनिया और ब्रुसेल्स राजधानी के क्षेत्रों के साथ एक संघीय राज्य में बदलने के लिए कदम उठाए गए थे। बेल्जियम में तीन भाषा—उन्मुख समुदाय शामिल हैं, जर्मन, फ्रेंच और फ्लेमिश भाषाओं के लोग यहाँ बहुतायत में है। जर्मन भाषी लोगों की छोटी आबादी देश के पूर्वी में बसी है। फ्रांसीसी बोलनेवाली आबादी, जिसे सामूहिक रूप से 'वाल्लून'

के रूप में जाना जाता है, कुल दक्षिर्णी आबादी का लगभग एक-तिहाई हिस्सा है, जो पाँच दक्षिणी राज्यों में केंद्रित है। आधी से अधिक आबादी फ्रलेमिश (डच) बोलती है, पाँच उत्तरी और उत्तर-पूर्वी प्रांतों में केंद्रित 'फ्रलेर्मिस' कुल आबादी का दसवाँ हिस्सा है। संघीय राजधानी ब्रुसेल्स आधिकारिक रूप से द्विभाषी लेकिन प्रमुख रूप से फ्रांसीसी-भाषी है।

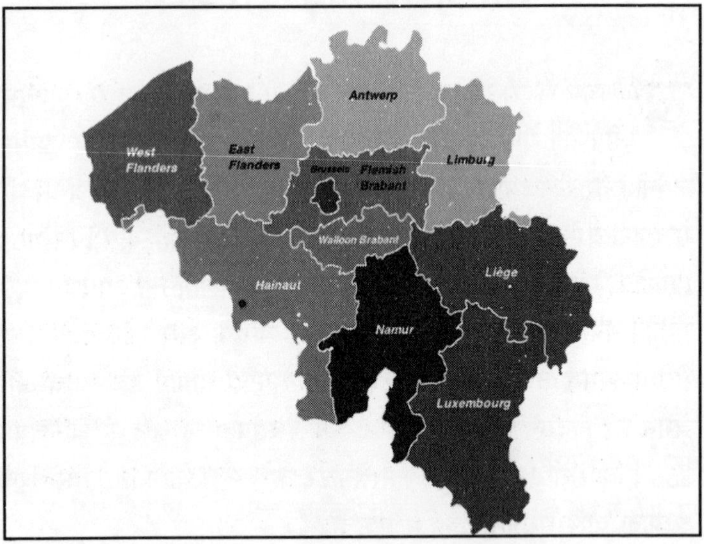

बेल्जियम

देश की भौगोलिक स्थिति ने इसे यूरोपीय इतिहास का एक महत्त्वपूर्ण हिस्सा बना दिया है। इस देश के लिए यूरोपीय शक्तियों के भीतर कई युद्ध और विवाद रहे हैं। अर्देनेस के साथ उत्तरी सागर और देश के मध्य पठार के सामने स्थित तटीय तटरेखा, बेल्जियम के इस छोटे से देश में विभिन्न भौगोलिक लाभ और क्षेत्रीय विविधता का लाभ मिलता है। देश की जलवायु इसकी भौगोलिक स्थिति के कारण समशीतोष्ण है, जो कि

इसके वनस्पति और प्राणी समूल के लिए एक बड़ा पक्ष है।

बेल्जियम बहुत ही विविधताओं भरा राष्ट्र है, जहाँ विभिन्न जाति समूहों से संबंधित नागरिक हैं। विभिन्न भाषाएँ बोलते हैं और विभिन्न धर्मों और भाषाओं के लोग सौहार्दपूर्ण वातावरण में रहते हैं। इस विविधता ने बेल्जियम के समुदायों के बीच कई आंतरिक मुद्दों को भी पैदा किया है, जो कभी-कभी टकरावों का भी कारण बनते हैं।

छोटे से देश बेल्जियम में परंपरागत लोकगीतों के त्योहारों से लेकर टुमारोलैंड जैसे सबसे बड़े संगीत समारोहों तक कई त्योहार हैं। यह देश पर्यटकों के लिए भी आकर्षण का केंद्र है। यहाँ विभिन्न प्रकार के पर्यटन-स्थल हैं, जो कि उत्तरी समुद्र की ओर जानेवाली तटरेखा पर धूप सेंकने से लेकर जैविक विविधता से समृद्ध जंगलों में सैर करने के लिए सभी के लिए कुछ-न-कुछ है। बेल्जियम में कई शहर भी हैं, जिनकी अपनी एक विशेषता है, यहाँ का जीवन, परंपरा, संस्कृति और आधुनिकता से भरा हुआ है। यह दस से अधिक साइटों के साथ यूनेस्को की विश्व विरासत सूची में प्रभावी तरीके से प्रतिनिधित्व करनेवाला देश है। देश की एक बहुत समृद्ध संस्कृति है और जो अपनी परंपराओं और लोक-कथाओं पर गर्व करती है। इसकी झलक आधुनिक जीवन में भी दिखाई देती है। बेल्जियम भारतीय छात्रों के अध्ययन के लिए भी एक शानदार स्थान है, क्योंकि बेल्जियम और भारत के बीच मधुर संबंध हैं। बेल्जियम के लोग अपने भोजन के प्रति बहुत सचेत हैं और यहाँ के व्यंजनों में चॉकलेट, वफल और बीयर के साथ-साथ अन्य व्यंजन भी शामिल हैं।

बेल्जियम का भूगोल

सबसे छोटे उत्तरी-पश्चिमी यूरोपीय देश बेल्जियम का क्षेत्रफल 30,528 वर्ग किमी. है। क्षेत्रफल के अनुसार यह दुनिया में 141वें स्थान

पर आता है। अपने चार पड़ोसी देशों के साथ बेल्जियम की 1385 किमी. लंबी सीमा रेखा लगती है। उत्तर में नीदरलैंड (450 किमी.), पूर्व में जर्मनी (167 किमी.), दक्षिण पूर्व में लक्जबर्ग (148 किमी.) और दक्षिण और दक्षिण-पूर्व में फ्रांस (620 किमी.) उत्तरी सागर पर इसकी 66-5 किमी. की तटरेखा भी है।

बेल्जियम के तीन मुख्य भौगोलिक क्षेत्र थे—तटीय मैदान, केंद्रीय पठार और अर्देनेस पहाड़ियाँ। व्यापक तटीय मैदान उत्तरी सागर और नीदरलैंड से दक्षिण-पूर्व दिशा में फैले हुए हैं। बोट्रेंज में 2277 फीट की अधिकतम ऊँचाई के साथ अर्देनेस पहाड़ियाँ और जंगल धीरे-धीरे बेल्जियम के दक्षिण-पूर्वी हिस्से को आच्छादित करते हैं।

बेल्जियम के कुछ मुख्य भौतिक क्षेत्र हैं। अर्देनेस और अर्देनेस तलहटी, कोट्सलोरेन (बेल्जियमलोरेन), दक्षिण में पेरिस बेसिन, उत्तर में एंग्लो-बेल्जियम बेसिन, जिसमें केंद्रीय पठार शामिल हैं। साथ ही फ्रलैंडर्स और केंपेनलैंड का मैदान। अर्देनेस और अर्देनेस तलहटी बेल्जियम के भूगोल में एक महत्त्वूपर्ण स्थान रखती है। यह पठार अर्देनेस के प्राचीन वन का हिस्सा है। **यह लक्समबर्ग, नामुर, औरलेग, लक्समबर्ग के ग्रैडडची का हिस्सा और अर्देनीस का फ्रांसीसी क्षेत्र बेल्जियम के अधिकांश प्रांतों से जुड़ा है**। यह क्षेत्र पर्वत-शृंखला के हिरसिनियोरोजेनिक बेल्ट का हिस्सा है, जो कि लगभग 3,000 से 4,000 लाख साल पहले पलियोजोइक युग के दौरान बना था और आयरलैंड से जर्मनी तक जाता था। पुराने पठार में मध्य राइनहाइलैड्स के पश्चिमी विस्तार शामिल हैं, जो उत्तर-दक्षिण-पश्चिम दिशा में 10,000 वर्ग किमी. तक फैला है। इसकी गहरी परतें, फाल्टिंग, उत्थान और अवनति के कारण इसका भौगोलिक इतिहास जटिल है। क्षेत्र के दक्षिणी आधे हिस्से को 'अर्देनीस' नाम से जाना जाता है, जहाँ की ऊँचाई 350 से 500

मीटर तक है; हालाँकि बोगरे, दक्षिण-लेग का उच्च बिंदु 2277 फीट है। भूमि के इस हिस्से में चूना पत्थर, सैडस्टोन, क्वार्टजाइट और कुछ स्लेट शामिल हैं। गोल शिखर का उथले अवसादों से अलग किया जाता है। कई नदियाँ इनमें से निकलती हैं, जो संकीर्ण और सीनयस घाटियों को काटती हैं। समय-समय पर मीयूज नदी एवं उसकी सहायक नदियों द्वारा अर्देनीस पठार का गहराई से क्षरण किया गया। शुष्क एवं ठंडी वायु के मिश्रण से भारी वर्षा होती है, जिसके कारण अकसर वायुमंडल धुँधलाया रहता है। क्षेत्र का आधा भू-भाग वनों से ढके होने के कारण वर्ष भर हरा-भरा रहता है, जबकि दूसरा भाग आमतौर पर क्षीण, अम्ल और जलयुक्त मिट्टी के कारण अनुर्वर है। दुनिया के पसंदीदा पर्यटन-स्थलों में से एक अर्देनेस प्रथम और द्वितीय विश्वयुद्ध के दौरान युद्ध का एक विशाल मैदान बन गया था।

कोट्सलोरेन उत्तर की ओर सीधी ढालवाली पहाड़ियों की एक लंबी श्रृंखला है, जो कि अर्देनेस के दक्षिण में स्थित हैं और देश के बाकी हिस्सों में कटी हुई हैं। यह वॉलनिया के लक्समबर्ग में दक्षिण बेल्जियम प्रांत में स्थित है, इसका आधा हिस्सा वनों से आच्छादित है, जबकि लौह अयस्क से भरपूर छोटा क्षेत्र दक्षिण में स्थित है।

मध्य पठार, 45 से 200 मीटर की ऊँचाई के बीच रेत और मिट्टी का एक विशाल क्षेत्र है, जो **उत्तरी हैनॉटवाल्यून, ब्रेबेंट, दक्षिणी फ्रलेमिशबारबेंट और लीज के हेस्बेय पठार** को भी आच्छादित करती है। डेंडर, सेने, डेजल और अन्य नदियाँ जो **स्केल्डे** (एस्कैंट) नदी में प्रवेश करती हैं, क्षेत्र को कई स्थानों पर विच्छेदित करती हैं, पूर्व में यह हर्वे पठार से घिरा हुआ था। बेल्यिजम की राजधानी ब्रुसेल्स मध्य पठार क्षेत्र में स्थित है।

पश्चिमी फ्लैंडर्स

फ्रलैंडर्स के निचले स्तर के मैदान, फ्रांस के बीच उत्तरी सागर की सीमा पर स्थित स्केलडे के पास है और इसके दो मुख्य खंड हैं। समुद्री फ्रलैंडर्स, नवनिर्मित और पुनर्निर्मित भूमि (पोल्डर्स) का एक क्षेत्र है, यह टिब्बा और डाइक की एक पंक्ति द्वारा संरक्षित है, जो बड़े पैमाने पर मिट्टी से बना हुआ है, यह लगभग 8 से 16 किमी. तक अंतरदेशीय सीमा तक फैली हुई है। अधिकांश पूर्व और पश्चिमी फ्रलैंडर इंटरियर फ्रलैंडर बनाते हैं, जिसमें रेत और मिट्टी की अत्यधिक मात्र उपस्थित होती है। यह लीई, स्केल्डे और डेंडर नदियों द्वारा लगभग 80 से 300 फीट की ऊँचाई पर स्कैलेड मुहाना के उत्तर की ओर बहती है। परिदृश्य इंटरलेस्ड है और नदी प्रणाली कई शिपिंग नहरों के माध्यम से जुड़ी हुई है। कैंपेनलैंड, लगभग 160 से 300 फीट की ऊँचाई पर स्थित है, जिसमें चरागाह है और कई औद्योगिक उद्यमों की साइट हैं। व्यापक स्कैलिड और मीयूज ड्रेनेज तंत्र के मध्य यह पठार और मैदान का एक अनियमित जलक्षेत्र है।

बेल्जियम की जलवायु

बेल्जियम में मौसम न तो बहुत ठंडा होता है और न ही बहुत गरम। समुद्री जलवायु द्वारा ज्यादातर अटलांटिक का पश्चिमी वायु द्वार प्रभावित होता है। चूँकि देश छोटा है, इसलिए जलवायु में बहुत कम भिन्नता है; हालाँकि समुद्री जलवायु का प्रभाव अंतरदेशीय कम है। पश्चिम क्षेत्र में औसतन 750 से 1,000 मिमी. तक वर्षा होती है। अप्रैल से सितंबर तक शुष्क अवधि होने के बावजूद यहाँ वर्ष भर वर्षा होती है। समशीतोष्ण होने के कारण ग्रीष्म ऋतु अत्यधिक आर्द्र होती है और सर्दियाँ लगातार कोहरे के साथ ठंडी और नम भी। देश का वार्षिक औसत तापमान लगभग 10 डिग्री सेल्सियस है।

बेल्जियम में सबसे ठंडा क्षेत्र अर्देनीस है, जो सबसे दूर और ऊँचा क्षेत्र है। सर्दियों में लगभग 120 दिनों की ठंड के साथ 30 से 35 दिनों की बर्फबारी भी होती है। गरमियों के दौरान ऊँचाई दूरी के अंतरदेशीय प्रभावों का अनुबंध करती है, जुलाई तक आते-आते तापमान में कमी दर्ज की जाती है। इस क्षेत्र में अपनी स्थलाकृति के कारण बेल्जियम में सबसे अधिक वर्षा होती है। इसके विपरीत फ्रलैंडर्स आम तौर पर पूरे वर्ष उच्च तापमान का आनंद लेते हैं। राष्ट्रीय राजधानी, ब्रुसेल्स देश के मध्य में जनवरी में केवल न्यूनतम तापमान के न्यूनतम तापमान 0 डिग्री सेल्सियस और न्यूनतम 22 डिग्री सेल्सियस के मध्य रहता है।

वनस्पति-पशुवर्ग

उत्तर-पश्चिमी यूरोपीय देश बेल्जियम में मुख्य रूप से समशीतोष्ण जलवायु है, यही वजह है कि यह क्षेत्र पौधों और जानवरों की एक समृद्ध शरण-स्थली है। अर्देनेस को छोड़कर बेल्जियम के सभी व्यापक लीक पर्णपाती वन क्षेत्र के भीतर स्थित है और यह वन से संबंधित कुछ महत्त्वपूर्ण कार्यक्रमों का घर भी है। आमतौर पर इस क्षेत्र में बीचेस

(beeches), बिर्च (birches) और एल्म (elms), जैसे वृक्षों की प्रजातियाँ पाई जाती हैं, लेकिन आक इनमें प्रमुख रूप से पाया जाता है। लगभग 2,000 साल पहले यह क्षेत्र जंगल से भरा हुआ था, जिसमें से अब कुछ ही भाग बचा हुआ है। बेल्जियम के अधिकांश तराई क्षेत्रों का उपयोग अब मानव उपनिवेशण और कृषि उत्पादन के रूप में कर रहा है। आमतौर पर यहाँ छोटे पेड़ों के रूप में पर्णपाती पेड़ और घास के खुले मैदान देखने को मिलते हैं। कैंपेनलैंड का महत्त्वपूर्ण क्षेत्र कोर्सीकनपाइन और सिल्वरबर्च के रोपण के लिए उपयोग में लिया जाता है।

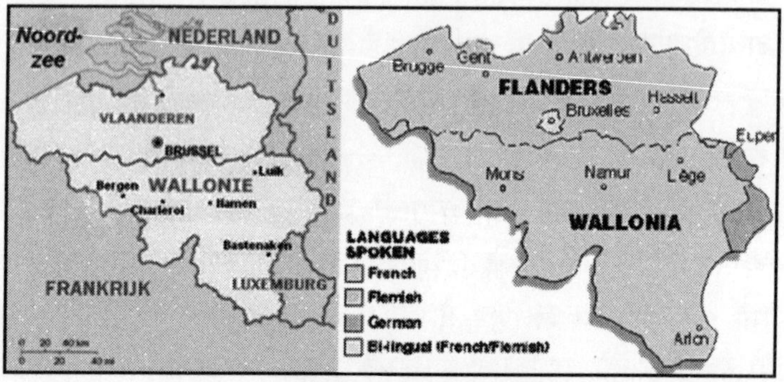

सांस्कृतिक समृद्धि का देश

मूलतः अर्देनेस पर्णपाती और शंकुधारी वन के क्षेत्रांतर्गत आता है। सदियों से इस क्षेत्र में भारी कटाई होने के कारण वनों को काफी क्षति का सामना करना पड़ा, जिससे यहाँ के जंगल लगभग नष्टप्राय हो चुके हैं। ऑर्डिनेंस की तलहटी में कई पेड़ जैसे ओक और पीट बोग्सहार्टसफेग्नेस में पाए जाते है, जो कि अर्देनीस के उत्तर-पश्चिमी किनारे पर स्थित है। **समब्रे-मीयूज घाटी, दक्षिण में परिदृश्य जंगल और घास के मैदानों का प्रभुत्व है। फग्नेस डिप्रेशन के पास और हेरवे पठार में कुछ बाग हैं। आर्देनीस के किनारों और कोट्स के**

बीच में लोरैनेस पर जंगल का कब्जा है, जो भूमि के एक महत्त्वपूर्ण हिस्से को आच्छादित करता है।

बेल्जियम में डच हेयसिंथ की खेती बहुत अधिक मात्रा में की जाती है। डच हेयसिंथ (Dutch Hyacinth) दुनिया भर में घर के बागवानों के बीच बहुत प्रसिद्ध है। यहाँ की सुंदर घाटियों में लिली प्रजाति के सुगंधित फूलों का उत्पादन किया जाता है, जो वाणिज्यिक सुगंध उद्योग में अपनी बहुत बड़ी भूमिका अदा करती है। फूलों की बेल काफी बड़े क्षेत्र को घेरती हैं। जंगली स्ट्रॉबेरियाँ, मैदानी घास स्ट्रॉबेरी बेल्जियम के घास के मैदानों में पनपती हैं और स्थानीय लोगों द्वारा जैम एवं अन्य खाद्य पदार्थों के लिए उपयोग में लाई जाती हैं। जिससे यहाँ के लोगों को एक बड़े स्तर पर आजीविका एवं रोजगार के अवसर भी प्राप्त हो जाते हैं।

मानवीय गतिविधियों एवं उसकी बढ़ती आबादी ने पशु-पक्षियों की आबादी को काफी बुरी तरह से प्रभावित किया है। अधिकांश जानवर, जैसे सूअर, जंगली बिल्लियाँ, हिरण और तीतर आर्देनिस में पाए जाते हैं। नीची भूमि में सैडपाइर्स (Sandpipers) वुडकॉक (Woodcocks), स्नाइपड (Sniped) और लैपविंग (Lapwing) जैसी कई प्रजातियों के पक्षी पाए जाते हैं। आर्देनेस के उत्तर में एंग्लो-बेल्जियन बेसिन मार्टन, मस्कट और हैमस्टर्म जैसे जानवरों का घर है।

देश के सामने आनेवाले पर्यावरणीय मुद्दों में नदियों और तटीय भूमि क्षेत्रों में आनेवाली बाढ़ जैसे प्राकृतिक खतरे शामिल हैं। मानवीय गतिविधियाँ जैसे शहरीकरण, घने परिवहन नेटवर्क और उद्योग से पर्यावरण को बहुत अधिक नुकसान पहुँच रहा है, इसलिए बेल्जियम सरकार ने पिछले कई वर्षों में वायु एवं जल प्रदूषण को कम करने के लिए कई परियोजनाओं और कार्यक्रमों की शुरुआत की है।

□

3

बेल्जियम का इतिहास

बेल्जियम एक समृद्ध, विविधता से परिपूर्ण एवं अलौकिक संस्कृति वाला देश है। यह राष्ट्र अपनी सीमाओं को चार देशों के साथ साझा करता है—नीदरलैंड, जर्मनी, फ्रांस और लक्जमबर्ग। जितना अधिक यह अपने पड़ोसियों से सीमा साझा करते हुए जुड़ा है, उतना ही सांस्कृतिक संदर्भ में भी। ऐतिहासिक साक्ष्यों की मानें तो वर्तमान बेल्जियम और उसके पड़ोसियों का अधिकांश भाग या तो बहुत बड़े क्षेत्र का हिस्सा था, जैसे पवित्र रोमन साम्राज्य या कैरोलिंगियन साम्राज्य और अन्य कई छोटे राज्यों में विभाजित किया गया था। जिनमें डचीकाब्रबांत और फ्रलैंडर्स काउंटी कुछ प्रमुख स्थल हैं। बेल्जियम को 'यूरोप का युद्धक्षेत्र' या 'यूरोप का कॉकपिट' भी कहा जाता है। भाषा के आधार पर देखें तो यह राष्ट्र विविधता से भरा हुआ है, लैटिन व्युत्पन्न फ्रांसीसी और जर्मनिकडच के बीच भाषा सीमा है।

बेल्जियम के आधुनिक परिवेश का अनुमान 'स्पैनिशनीदरलैड्स' या 'सेवेनटीनप्रोविंस' से लगाया जा सकता है। जो 1549 में अपनी व्यावहारिक स्वीकृति में चार्ल्स एवी, पवित्र रोमन सम्राट् द्वारा स्थापित बुरूंडियन नीदरलैड्स के अधीन था। स्कॉटलैंड की सीमा जिसने मध्ययुगीन फ्रांस और जर्मनी को विभाजित किया था। बेल्जियम और लक्जमबर्ग, दक्षिणी नीदरलैंड के महत्त्वपूर्ण भाग थे, जो लगातार अस्सी वर्षों के संघर्ष

(1568–1648) के बाद मुझे इस बात को देखकर बहुत अच्छा लगा कि बेल्जियम के कारण उत्तर डच गणराज्य से अलग हो गए।

1795 में बेल्जियम फ्रांस के क्रांतिकारी युद्ध के बाद फ्रांस का हिस्सा बन गया, जिसने कैथोलिक चर्च से संबंधित धार्मिक संगठनों की अर्ध-स्वतंत्रता को भी समाप्त कर दिया। 1814 में यह 'यूनाइटेड किंगडम ऑफ नीदरलैंड' बन गया, जिसमें तीन आधुनिक देश बेल्जियम, नीदरलैंड और लक्समबर्ग शामिल थे।

मध्य युग के बाद से बेल्जियम के बंदरगाह और वस्त्र उद्योग महत्त्वपूर्ण थे और आधुनिक युग में भी बेल्जियम औद्योगिक क्रांति का अनुभव करनेवाले देशों में से एक था। 19वीं शताब्दी में यह 'औद्योगिक क्रांति' न केवल समृद्धि लाई, बल्कि उदार व्यापारियों और समाजवादी कार्यकर्ताओं के बीच एक राजनीतिक खींचतान का सबब भी बन गई। 1885 में राजा लियोपोल्ड ने एक अफ्रीकी उपनिवेश की स्थापना की, **जो दुनिया की एकमात्र निजी कॉलोनी थी,** जिसे 'कांग्रोफ्री स्टेट' के रूप में जाना जाता था, लेकिन 1908 में एक बड़े घोटाले के कारण सरकार द्वारा इसके 'स्वामित्व' को छीन लिया गया था। 1914 और 1940 में बेल्जियम द्वारा जर्मनी के लिए एक रणनीतिक मार्ग के रूप में अपनी मजबूत स्थिति प्रदर्शित की गई, जिसके कारण जर्मनी द्वारा भी बेल्जियम पर आक्रमण किया गया था, भले ही यह एक तटस्थ क्षेत्र था। इन आक्रमणों ने देश में गंभीर हालात उत्पन्न कर दिए। प्रथम और द्वितीय विश्वयुद्धों से उबरने वाला पहला देश बेल्जियम था। युद्ध के बाद बेल्जियम यूरोपीय एकीकरण में एक मजबूत नेतृत्व के रूप में उभरा और यूरोपीय संघ का एक संस्थापक सदस्य बना। ब्रुसेल्स यूरोपीय संघ की वास्तविक राजधानी है, जो वर्तमान समय में नाटो के मुख्यालय की मेजबानी भी करता है।

यह देश अपने इतिहास के एक लंबे समय तक धार्मिक मामलों में विभाजित रहा और फिर इस देश ने आर्थिक विकास पर आधारित नए विभाजन का सामना भी किया। इन विभाजनों ने 1970 के बाद से कई सुधार किए हैं, बेल्जियम को पूर्व में एकात्मक बेल्जियम राज्य से संघीय राज्य में बदल दिया गया। वर्तमान में बेल्जियम को तीन क्षेत्रों में बाँटा गया है, जो मुख्यतः भाषा पर आधारित हैं, फ्रलैंडर्स उत्तर में डच-भाषी क्षेत्र, वालोनिया दक्षिण में फ्रेंच-भाषी क्षेत्र और पूर्व में छोटा हिस्सा बेल्जियम की जर्मन-भाषी आबादी है। ब्रुसेल्स राजधानी क्षेत्र, जो फ्रलैंडर्स और वालोनिया के मध्य अवस्थित है, एक द्विभाषी क्षेत्र है।

प्रारंभिक बेल्जियम

बेल्जियम का इतिहास 10,000 ईसा पूर्व का है। 1829-30 में एंगिस के बेल्जियम क्षेत्र और कुछ अन्य स्थानों पर नीदरलैंड के जीवाश्मों के कई साक्ष्य खोजे गए थे। खेती की तकनीक के रूप में नवपाषाण संस्कृति का प्रभाव तथाकथित एल.बी.के. कृषि पद्धति दक्षिणी यूरोप में शुरू हुई और बेल्जियम के पूर्व में उत्तर-पश्चिम की ओर तेजी से पहुँच गई। लगभग 5,000 ईसा पूर्व तक इसका विस्तार पूर्वी बेल्जियम के हर्बने क्षेत्र में फैला चुका था। बेल्जियम में एल.बी.के. पद्धति द्वारा गाँव के चारों ओर रक्षात्मक दीवारों का प्रयोग किया जाता है।

पहली बार में खेती बेल्जियम में स्थायी पकड़ लेने में विफल रही। एल.बी.के. और ब्लिककी पद्धति के लुप्त होने के लंबे अंतराल बाद फिर एक नवीन कृषि पद्धति दिखाई दी और मिशेलबग की तरह व्यापक हो गई। इसके बाद रेतीले उत्तर में स्विफ्रटबेंट कल्चर के शिकारियों द्वारा कब्जा कर दिया गया। जो समय के साथ मिट्टी के

बरतनों की तकनीकी और खेती से अधिक प्रभावित थे।

तीसरी और चौथी सहस्राब्दी ईसा पूर्व के दौरान फ्रलैंडर्स में मानवीय इतिहास के अपेक्षाकृत कम प्रमाण पाए जाते हैं। भले ही यह महसूस किया जा!ता हो कि इस क्षेत्र में मनुष्यों की उपस्थिति जारी थी, लेकिन अंतिम रूप से यह कहा जाए कि तब यहाँ मानव प्रजाति का अस्तित्व रहा होगा, इसके अभी विस्तृत साक्ष्य उपलब्ध नहीं हैं। अर्देनेस में बेल्जियम के दक्षिणी भाग में सीन–ओइस–मार्ने संस्कृति का विस्तार देखने को मिलता है, जो वियर्स जैसी महापाषाण स्थलों से जुड़ी हुई है, लेकिन यह उसी क्षेत्र विशेष तक सीमित रही और पूरे बेल्जियम तक नहीं फैल पाई। तथाकथित व्लॉडिगे–वार्टबर्ग–स्टेइन (Vlaardingen-Wartburg-Stein) परिसर एक अर्ध–गतिहीन संस्कृति समूह के तौर पर नीदरलैंड में उत्तर और पूर्व में मौजूद था। यह एक विस्तारित हिस्सा हो सकता है, जो उपर्युक्त स्विफ्रटबेंट और मिशेलबर्ग संस्कृति से विकसित हुआ है।

1750 BC के आसपास कांस्य युग के अंत के साथ बेल्जियम की आबादी बढ़ने लगी। बेल्जियम की जनसंख्या में यह स्थायी वृद्धि क्षेत्र में विभिन्न संस्कृतियों के आगमन का परिणाम हो भी सकती है या नहीं भी। तीन यूरोपीय संस्कृतियाँ जो एक–दूसरे से संबंधित हो सकते हैं क्रमशः बेल्जियम पहुँचीं, जिसमें पहले अनफिल्डकल्चर (उदाहरण के लिए, ट्यूवेलरवेल्स में पाया जाता है और कैंपिंग में हैमोंट–एकेल), फिर लौह युग में हॉलस्टैट संस्कृति और अंत में ला टीन संस्कृति का आगमन हुआ। ये संस्कृतियाँ यूरोपीय परिवार की भाषाओं और विशेष रूप से केल्टिक भाषाओं से संबंधित हैं। ला टीन मैटेरियल कल्चर और संभवतः हाल्ट्ट सेल्टिक भाषाओं से जुड़े थे। ये ऐतिहासिक साक्ष्य ग्री और रोमन अभिलेखों के माध्यम से मिलते हैं, जो सेल्टिक स्थान

के नाम और उन क्षेत्रों के व्यक्तिगत परिवेश को दरशाता है, जहाँ यह संस्कृति बस गई।

प्रारंभिक मध्य युग

जर्मनिक जनजातियों ने सैन्य संगठनों पर हमला बोल दिया, साथ ही पश्चिमी रोमन साम्राज्य ने सत्ता खो दी और फिर राज्यों का गठन हुआ। 'सक्सोनशोर' (Saxon Shore) ने तटीय फ्रलैंडर्स के उस हिस्से को कवर किया, जो मेनापी का पुराना क्षेत्र हुआ करता था। उत्तरी बेल्जियम के अंतरदेशीय राइन डेल्टा में रोमन सीमांत के फ्रैंक्स को चौथी शताब्दी मे टोक्सांड्रिया में फिर से बसने की अनुमति दी थी; हालाँकि पाँचवीं शताब्दी में वालोनिया फ्रैंक्स के अधीन हो गए, फ्रलेंडर्स की तुलना में इस क्षेत्र में वनों और खेती की भूमि का एक बहुत अधिक वर्चस्व था। रोमनकृत फ्रैंक्स की महत्ता से रोमन सेना बनी रही। रोमन प्रभावित उत्तरी फ्रांस, जिसे बाद में नेस्तेरा और उत्तर की फ्रेंकिश भूमि कहा जाता था, इसके अधिकांश क्षेत्र बेल्जियम में शामिल थे, जिसे ऑस्ट्रेलिया के रूप में संदर्भित किया गया था। बाद में प्रसिद्ध राजा क्लोविस प्रथम द्वारा इसे जीत लिया गया था। उसके बाद कई अनुनायी कैथोलिक धर्म में परिवर्तित हो गए। ईसाई मिशनरियों के आबादी वाले क्षेत्र में धर्मांतरण की लहर शुरू हो गई। कैरोलिंगियन राजवंश, जिसका परिवार शक्ति आधार आधुनिक बेल्जियम के पूर्वी भाग में और उसके आसपास था, ने मेरोविंगियन राजवंश को सफल किया। चार्ल्समार्टेल ने 732 में स्पेन के पोएटर्स में मेरिश के आक्रमण की गिनती की। उसके बाद राजा शारलेमेन ने जो अपने शासन में यूरोप के एक बड़े हिस्से को लाया, 800 में आचेन पोपलियो तृतीया द्वारा नए पवित्र रोमन साम्राज्य के सम्राट् का ताज पहनाया गया, लेकिन ल्यूवेन की लड़ाई में कारिंथिया के अर्नुल्फ ने एक बड़ी बस्ती को हरा दिया,

जिससे बेल्जियम के क्षेत्र में समस्याएँ पैदा हो गईं।

मेरोविंगियन और कैरोलिंगियन राजवंश के तहत फ्रेंकिश भूमि को कई बार विभाजित किया गया और पुनः एकीकरण भी किया गया, लेकिन बाद में इसे बलपूर्वक फ्रांस और रोमन दो गुटों में विभाजित कर दिया गया। मध्य युग के दौरान स्कैंडल नदी के पश्चिम में फैले फ्रलैंडर्स काउंटी का हिस्सा फ्रांस का हिस्सा बन गया था, लेकिन फ्रलैंडर्स और निम्न देशों के शेष भाग पवित्र रोमन साम्राज्य के हिस्से थे, विशेष रूप से स्टेतडची में लोअर लोथरिंगिया के। जिसका एक स्वतंत्र राज्य के रूप में अपना अस्तित्व था। वर्तमान बेल्जियम का उत्तरी भाग मध्य युग तक एक जर्मनी भाषा-बाहुल्य क्षेत्र था, जहाँ के रूप में रोम और वल्गर लैटिन के व्युत्पन्न दक्षिणी भाग में बोले जाते रहे। ग्यारहवीं और बारहवीं शताब्दी में रोमन सम्राटों और फ्रांसीसी राजाओं ने अपने शासन-क्षेत्र का प्रभावी नियंत्रण खो दिया था, वर्तमान बेल्जियम के लिए कमोबेश इसी क्षेत्र को अपेक्षाकृत स्वतंत्र सामंती राज्यों में विभाजित किया गया था; जिसमें शामिल हैं फ्रलैंडर्स काउंटी, नामवरकामार्कीट, ब्रेख्त ऑफ द ब्रेबेंट, हैनॉट काउंटी, लिंबर्ग की डची, लक्समबर्ग काउंटी, लिजकेप्रिंस-बिशप्रिक (वह क्षेत्र जिस पर बिशप ने एक प्रभु के रूप में शासन किया, जो सूबा से छोटा था)।

मध्य युग के अंत में तटीय काउंटी फ्रलैंडर्स सांस्कृतिक रूप से और अधिक समृद्ध हो गए और इंग्लैंड, फ्रांस और जर्मनी के साथ व्यापार करने से यूरोप के सबसे धनी प्रदेशों में गिने जाने लगे। रेनो-मोसान या कला आंदोलन क्षेत्र में पनपा, ग्यारहवीं और बाहरवीं शताब्दी के दौरान कोलोने और त्रिएरसे लेग ने मास्ट्रिच और आचेन तक अपने केंद्र को स्थानांतरित किया।

तेहरवीं से सोलहवीं शताब्दी

इस अवधि के दौरान इप्रेस, ब्रूज और गेंट सहित कई शहरों ने अपना सिटी चार्टर खोला। साथ ही कई गोथिक कैथेड्रल और सिटीहॉल के निर्माण को भी देखा गया, क्योंकि इस क्षेत्र में हैंसिटिकलीग ने व्यापार को और अधिक विकसित किया। तेहरवीं शताब्दी की शुरुआत में 'द होली रोमन' सम्राटों का प्रभुत्व कम होने के कारण कुछ देशों को बड़े पैमाने पर स्वयं के साधनों पर ही छोड़ दिया गया, जिसके कारण रोमन साम्राज्य सुरक्षा की दृष्टि से शक्तिहीन हो गया। बाद में इस क्षेत्र को फ्रांसिसियों और अंग्रेजों ने अपने निजी हितों की पूर्ति के लिए प्रयोग करना प्रारंभ किया।

भाषाओं के उत्थान हेतु समर्पित विश्वविद्यालय

तेरहवीं और चौदहवीं शताब्दी में बेल्जियम में ऊन उद्योग ने तेजी पकड़ी और फ्रलेमिश शहरों ब्रूज, गेंट और वाई.एफ.एस. को कपड़ा उद्योग के माध्यम से अंतरराष्ट्रीय स्तर तक पहचान दिलाई। इस अवधि

के दौरान (वर्तमान बेल्जियम, नीदरलैंड और लक्जमबर्ग) विश्व फलक पर प्रमुखता से उभरकर आए।

अमीर और शक्तिशाली देशों की श्रेणी में बेल्जियम ने जल्द ही अधिकारों और करों के मामले में बहुत संघर्ष किया। संघर्ष सिर्फ नगरवासी और उनके अधिपतियों के बीच ही नहीं, बल्कि सामंत और उनके राजाओं के बीच भी था। फ्रलैंडर्स की काउंट फ्रांसीसी राजा के लिए जागीर थी; हालाँकि वे अपनी बुनाई अर्थव्यवस्था के लिए इंग्लैंड से उच्च गुणवत्ता वाले ऊन की लगातार आपूर्ति पर निर्भर थे, इसलिए एंग्लो-फ्रांसीसी संघर्ष के दौरान फ्रलैंडर्स ने अंग्रेजों का पक्ष लिया और फ्रांसीसी राजा के साथ अच्छी तरह से तालमेल नहीं बैठा पाए, जिसने बेल्जियम को अपने दायरे में एकीकृत करने की उम्मीद की थी।

बोविंस की लड़ाई में हार के बाद 1214 में किंगफिलिप द्वितीय द्वारा फ्रेंसक्राउन को अपने अधीन करने के लिए फ्रलैंडर्स को मजबूर किया गया था। 13वीं शताब्दी के अंत से फ्रांसिसियों ने 1302 तक फ्रलैंडर्स को लगातार नियंत्रित किया। ब्रूज के कारीगरों के विरोध के साथ फ्रांसीसी विद्रोह की शुरुआत हुई। कांउट गाय के नेतृत्व में जिन्होंने गिल्ड का समर्थन किया, साथ ही कारीगरों ने फिलिप चतुर्थ के विरुद्ध आवाज उठाई और गोल्डनस्पर की लड़ाई में फ्रांसीसी शूरवीरों को अपमानित किया। 1304 में फिलिप ने एक नया अभियान शुरू किया, जो 'मॉन्स-एन-पेवले' की अनिर्णायक लड़ाई के साथ समाप्त हुआ। राजा ने फ्रलैंडर्स पर कठोर शांति शर्तें लगाईं।

ल्यूवेन विश्वविद्यालय

गेंट अपनी उल्लेखनीय समृद्धि के कारण उत्तरी यूरोप में पेरिस के बाद दूसरा सबसे बड़ा शहर बन गया। धन के माध्यम से जीते हुए नागरिकों द्वारा स्वतंत्रता के प्रतीक के रूप में कई फ्रलेमिश कस्बों के शानदार अलंकरण, घंटाघर, बाजार घर और टाउन हॉल बनाए गए। ब्रुसेल्स ने भी संस्कृति और फैशन के क्षेत्र में काफी तरक्की की, क्योंकि बुर्ज-जनमे फिलिप यूरोप में सबसे अमीर व्यक्तियों में से एक थे। यह समय जन वान आईक (1390-1441) और हंस मेमलिंग (1440-1494), जैसे प्रसिद्ध कलाकारों के साथ-साथ, टेपेस्ट्री और पेटिंग बनानेवाले चित्रकारों के लिए भी स्वर्णिम काल था। इसके साथ ही ल्यूवेन विश्वविद्यालय की स्थापना 1425 में हुई थी। आज भी यह विश्वविद्यालय शीर्ष विश्व रैंकिंग पर है।

उन्नीस वर्षीय अविवाहित बरगंडी की मैरी 1477 में अपने साम्राज्य के अगले उत्तराधिकारी के युद्ध में मरने बाद फिलिप की एकमात्र संतान थी। मैरी ने अपनी सौतेली माँ मागरिट ऑफ यॉर्क से मार्गदर्शन लिया

तथा बाद में उन्होंने ऑस्ट्रिया के मैक्सि मिलियन से शादी की, जिससे बंरगंडियन एक ऐतिहासिक स्थल के रूप में जाना जाने लगा, साथ ही हब्सबर्ग साम्राज्य का भी तेजी से विस्तार हुआ।

मैक्सि मिलियन के पोते, सम्राट् चार्ल्स क्विंट भविष्य के रोमन, स्पेन के साथ ऑस्ट्रिया और बेल्जियम के भी शासक बने। 1555 में शासन समाप्त होने के बाद उन्होंने अपने उत्तराधिकारी फर्डिनेंड को जर्मन क्षेत्रों में और फिलिप द्वितीय को पश्चिमी साम्राज्य सहित कई देशों में अपना शासन स्थापित करने के लिए भेजा। जिसके चलते बेल्जियम स्पेनिश शासन के अधीन हो गया। सोलहवीं शताब्दी के ऐसे दौर में, जबकि यूरोप में प्रोटेस्टेंट सुधारकों एवं अन्य संगठनों द्वारा पत्थरबाजी एवं विरोध प्रदर्शन अपने चरम पर था, तब भी बेल्जियम का अधिकांश भाग कैथोलिक ही रहा, शायद फिलिप की रूढ़िवादी कैथोलिक शिक्षा के कारण ऐसी स्थिति हुई हो।

यूरोपीय देशों ने सत्रहवीं शताब्दी के अंत में बेल्जियम के विरुद्ध लड़ाई लड़ी। 1714 में स्पेनिश उत्तराधिकार से युद्ध के अंत तक ऑस्ट्रिया के हाथों में बेल्जियम का शासन आ गया। हैब्सबर्ग ऑस्ट्रियाई लोगों ने 1713 से 1794 तक क्षेत्र पर शासन किया, साथ ही प्रबुद्धता से प्रभावित होकर अभिवेचन किया एवं स्थानीय विकास को प्रोत्साहित करने का काम किया।

1789 में फ्रांसीसी क्रांति ने यूरोपीय राजनीति को नया स्वरूप प्रदान किया। 1794 में फ्रांसीसी सेना ने बेल्जियम पर कब्जा कर लिया और कैथालिक चर्च के दमन सहित फ्रांसीसी क्रांतिकारी कानून पेश किए गए। बेल्जियम के कई प्रतिष्ठित धार्मिक स्थलों को लूटा गया, उनकी भूमि का राष्ट्रीयकरण किया गया और कई ईसाई मठों को, पत्थर की कलाकृतियों को ढहाया गया। आखिरकार 1798 में विद्रोह

की ज्वाला भड़क उठी, लेकिन सत्तारूढ़ फ्रांस द्वारा इसका कठोरता से दमन किया गया।

उन्नीसवीं शताब्दी की शुरुआत में औद्योगिकीकरण ने बेल्जियम को काफी प्रभावित किया, जिसके परिणामस्वरूप कोयला खनन, कपड़ा और धातु उद्योग अपने पूर्ण अस्तित्व में आए। 1815 में नेपोलियन की हार के बाद यूरोप की महान् शक्तियों ने यूरोप के नक्शे को पुनः तैयार किया। बेल्जियम 'यूनाइटेड किंगडम ऑफ नीदरलैंड' बनाने के लिए नीदरलैंड के साथ एकजुट हो गया था। यह यूरोप में शक्ति के संतुलन को बनाए रखने हेतु और यदि भविष्य में कभी फ्रांस कोई विस्तारवादी महत्त्वाकांक्षा रखता है तो उसके खंडन के लिए भी एक बड़े पैमाने पर बनाई गई थी। अलग-अलग धर्मों और रीति-रिवाजों के लोगों को एक साथ रखने के परिणामों को बहुत कम महत्त्व दिया गया था। एक महान् आर्थिक और सांस्कृतिक अंतर के कारण यह संघ कभी काम नहीं करनेवाला था। संघर्ष की छोटी सी चिनगारी ने क्रांति की ज्वाला का रूप धारण किया और अंततः 25 अगस्त, 1830 को विद्रोह भड़क उठा।

1831 की जनवरी में आयोजित लंदन के सम्मेलन में बेल्जियम की स्वतंत्रता (शुरुआत में लक्समबर्ग भी शामिल था) को मान्यता दी गई और देश को आधिकारिक तौर पर एक तटस्थ राज्य घोषित किया गया था।

आधुनिक बेल्जियम

स्वतंत्र तटस्थ राज्य घोषित किए जाने के बावजूद बेल्जियम को अपने धन और शक्ति के कारण बहुत तनाव का सामना करना पड़ा। बेल्जियम को अभी भी ब्रिटेन और फ्रांस जैसी किसी प्रमुख यूरोपीय शक्तियों द्वारा हमला या आक्रमण का खतरा बना रहता है। इसी कारण

से राष्ट्रीय कांग्रेस ने फैसला किया कि बेल्जियम को एक राजशाही राष्ट्र होना चाहिए। लियोपोल्ड प्रथम, जो ब्रिटिश क्वीन विक्टोरिया के पति

लियोपोल्ड : बिल्डर किंग

प्रिंस अल्बर्ट के चाचा थे और जिन्होंने फ्रांसीसी राजा की बेटी से सगाई भी की थी, उन्हें बेल्जियम के लियोपोल्ड का ताज पहनाया गया था, क्योंकि वह ब्रिटेन और फ्रांस दोनों राष्ट्रों को स्वीकार्य थे। 21 जुलाई, 1831 को लियोपोल्ड सिंहासन पर बैठा और अप्रत्याशित रूप से एक सक्षम सम्राट् साबित हुआ। लगभग उसी समय औद्योगिक क्रांति की गर्जनापूर्ण शुरुआत हो गई। कोयला खनन और लोहे के विनिर्माण एवं उत्पादन के माध्यम से धन-संपत्ति में निरंतर बढ़ोतरी होती रही।

लियोपोल्ड प्रथम के बेटे लियोपोल्ड द्वितीय ने अपने पिता के साम्राज्य को विश्व-स्तरीय राष्ट्र के रूप में पहचान दिलाई एवं अपनी महत्त्वाकांक्षा से भूमि का एक टुकड़ा (बेल्जियम के आकार का लगभग सत्तर गुना) संधियों और अनुबंधों द्वारा अफ्रीका से प्राप्त किया। उन्होंने इस क्षेत्र का उपनिवेशीकरण किया और इसे कांगोफ्री स्टेट का नाम दिया, जो कि जोसेफ कोनराड के प्रसिद्ध उपन्यास 'हार्ट ऑफ डार्कनेस' के कारण विश्वप्रसिद्ध हुआ है।

ऐवेन्यू लूइस

बेल्जियम में भवन–यूरोपियन स्थापत्य कला

प्रथम विश्वयुद्ध की शुरुआत में जर्मनी ने बेल्जियम और लक्जमबर्ग पर हमला किया, जो कि शीरिफर पाल के नेतृत्व में जल्दी से पेरिस जाने की कोशिश कर रहा था। फ्रांस के खतरे के कारण ब्रिटेन ने युद्ध में प्रवेश किया और अपने 1839 के समझौते को औचित्यपूर्ण ढंग से इस्तेमाल किया। बेल्जियम की सेना भले ही जर्मन सेना के आकार का दसवें भाग के बराबर थी, मगर उसे जर्मन सेना के खिलाफ लगभग एक महीने तक मजबूती से डटे रहने के लिए आज भी याद किया जाता है। इसने फ्रांसीसी और ब्रिटिश सेना को बाद में प्रतिवाद की तैयारी का अवसर प्रदान किया। जर्मन आक्रमणकारियों द्वारा किसी भी प्रतिरोध का क्रूरतापूर्वक दमन कर दिया जाता था। इनके खिलाफ आवाज उठाने एवं विरोध प्रदर्शन करनेवालों लोगों को गोली मारकर एवं जिंदा जलाकर दफनाया जाता था। 1914 में युद्ध की शुरुआत से पहले और आसपास बेल्जियम एक समृद्ध अर्थव्यवस्था थी, लेकिन युद्ध में कब्जे के चार साल बाद बेल्जियम विश्व फलक पर एक गरीब राज्य के रूप में उभरा।

जर्मन लोगों ने देश को बेरहमी से नुकसान पहुँचाया था और 1919 तक 80 प्रतिशत से अधिक लोग बेरोजगार हो गए।

द्वितीय विश्वयुद्ध से पहले बेल्जियम ने तटस्थता की नीति को आगे बढ़ाने की कोशिश की, लेकिन 10 मई, 1940 को देश पर फिर जर्मन सेनाओं ने हमला कर दिया। देश को फिर से बहुत नुकसान हुआ और बेल्जियम की सेना 18 दिनों तक लड़ाई के बाद अंतत: आत्मसमर्पण करने पर मजबूर हो गई। हुबर्ट पियरलोट के तहत बेल्जियम की निर्वाचित सरकार निर्वासन में सरकार बनाने से बच गई।

दोनों विश्वयुद्ध के बाद आधिकारिक तौर पर तटस्थ बेल्जियम को विनाशकारी स्थिति में जर्मन द्वारा आक्रमण कर छोड़ दिया गया। युद्ध के बाद बेल्जियम के महान् औद्योगिक उत्पादों को ब्रुसेल्स विश्व मेले में प्रदर्शित किया गया और उसी वर्ष ब्रुसेल्स यूरोपीय आयोग की अंतिम सीट बन गया। 1949 में बेल्जियम उत्तरी अटलांटिक संधि संगठन (नाटो) का हस्ताक्षरकर्ता बन गया। 1967 में नाटो ने अपना मुख्यालय फ्रांस से ब्रुसेल्स स्थानांतरित कर दिया। भले ही कोई बड़ा अंतराष्ट्रीय संघर्ष न हो, लेकिन भाषा पर आधारित झड़पों के कारण तनाव बढ़ गया और देश के अंदर गृहयुद्ध जैसे हालात उत्पन्न हो गए। 1968 में छात्र नेतृत्व वाले हिंसक प्रदर्शनों ने देश को हिलाकर रख दिया। आखिरकार 1999 में बेल्जियम यूरो में शामिल हो गया।

□

4

विविधता, भाषा एवं धर्म

बेल्जियम सबसे घनी आबादी वाले यूरोपीय देशों में से एक है। दुनिया की तुलना में 11-3 मिलियन की आबादी के साथ 77वें स्थान पर है। बेल्जियम एक विविध जातीय पृष्ठभूमि वाला देश है। कुल आबादी में से 75 प्रतिशत बेल्जियम के हैं, 4-1 प्रतिशत इटालियंस, 3-7 प्रतिशत मोरक्कन, 2-4 प्रतिशत फ्रेंच, 2 प्रतिशत तुर्की, 2 प्रतिशत डच एवं 12 प्रतिशत अन्य पृष्ठभूमि से हैं।

1970 राज्य सुधार की एक प्रक्रिया के कार्यान्वयन के कारण वर्तमान बेल्जियम में तीन आधिकारिक क्षेत्र सम्मिलित हैं—उत्तर में फ्रलेमिश क्षेत्र, देश के केंद्र में ब्रुसेल्स-राजधानी क्षेत्र और दक्षिण में वाल्लून क्षेत्र। यह सुधार इसलिए किया गया, क्योंकि भाषा और भाषीय की शक्ति के आधार पर देश के नागरिकों के बीच तनाव बना रहता था। बेल्जियम में तीन राष्ट्रीय भाषाएँ फ्रेंच, डच और जर्मन हैं, जो देश के इतिहास के दौरान आक्रमणों और पलायन का परिणाम हैं। ऐसा इसलिए है, क्योंकि विभिन्न भाषा बोलने वाले समुदायों की संस्कृति और मूल्यों में अंतर है। बेल्जियम तीन भाषा उन्मुख समुदायों में विभाजित है।

उत्तरी-फ्रलेंमिश, बेल्जियम की आधी से अधिक आबादी फ्रलेमिश बोलती है, जो डच के बराबर है। दक्षिण के वाल्लून देश की आबादी का एक-तिहाई हिस्सा फ्रेंच भाषी समुदाया वाला है। जर्मन भाषा बोलनेवाला

समुदाय का क्षेत्र पूर्वी लिज प्रांत में है, जो वाल्लून क्षेत्र के अंतर्गत आता है और बेल्जियम की आबादी का केवल एक छोटा सा हिस्सा है।

ब्रुसेल्स के निकट लेवन सिटी

ब्रुसेल्स राजधानी क्षेत्र, जिसमें ब्रुसेल्स शहर सहित 19 नगर पालिकाएँ शामिल हैं, जो फ्रलेमिंश एवं वाल्लून क्षेत्र से घिरा हुआ है और आधिकारिक रूप से एक द्विभाषी क्षेत्र है, जहाँ डच और फ्रेंच दोनों भाषाओं का प्रयोग किया जाता है। कुल आबादी का लगभग दसवाँ हिस्सा आधिकारिक रूप से द्विभाषी है और बहुमत में फ्रेंच और फ्रलैमिश दोनों का महत्त्वपूर्ण योगदान है।

भाषा ने हमेशा देश में उथल-पुथल मचाई है। जातीय समूहों में विविधता बेल्जियम के इतिहास में कई आक्रमणों और पलायन के परिणामस्वरूप है। आठवीं शताब्दी में जब बेल्जियम कम देशों के

अधीन था, तब उत्तरी बेल्जियम को फ्रलैंडर्स कहा जाने लगा। इस क्षेत्र में केवल रोमन लोगों द्वारा आहिस्ता से कब्जा कर लिया गया था। बाद में फ्रैंक्स द्वारा बसाया और विकसित किया गया, जिन्होंने इस क्षेत्र पर 300 ए-डी में हमला किया था। जब जर्मन प्रवासन द्वारा पश्चिमी रोमन प्रांतों में प्रवेश करना शुरू कर दिया था, तब फ्रलैंडर्स के लोगों द्वारा भी डच भाषा और जर्मनिक भाषा बोली जाने लगी, जो वर्तमान में फ्रलेमिश के नाम से जानी जाती है। बेल्जियम के दक्षिणी क्षेत्र के पूर्व-रोमन सेल्टिक निवासी रोमनों से बहुत प्रभावित थे और पूरी तरह से उनके रंग में रँग चुके थे। इस दक्षिणी क्षेत्र की ओर पलायन करनेवाले फ्रैंक्स लोगों ने रोमन फ्रांस-निवासियों की लैटिन भाषा को अपनाया, जो बाद में फ्रांसीसी बन गई।

संस्कृतियों और मूल्यों के बीच अंतर ने हमेशा ज्वलंत मुद्दों एवं प्रतिद्वंद्विता की स्थिति को जन्म दिया। उन्नीसवीं और बीसवीं शताब्दी की शुरुआत में बेल्जियम के राज्य में कई लिपिक और प्रशासनिक रैंक फ्रेंच भाषी आबादी वाले लोग बस गए थे, यहाँ तक कि फ्रलैंडर्स में भी। इससे फ्रलेंमिग्स का कड़ा विरोध हुआ, क्योंकि उन्हें लगा कि फ्रलेंमिंग्स ने राजनीतिक ताकत हासिल करने के उद्देश्य से फ्रलैंडर्स को अवैधानिक तरीके से फ्रलेमिश-भाषी क्षेत्र के रूप में स्थापित किया, साथ ही राजनीतिक एवं आर्थिक शक्ति भी प्राप्त की, लेकिन फिर भी वाल्लून के बीच तनाव बेल्जियम में आंतरिक मुद्दे उत्पन्न करने लगा।

1968 में ल्यूवेन विश्वविद्यालय (जो कि आधिकारिक रूप से बेल्जियम के डच भाषी हिस्से में स्थित था) के छात्रों ने फ्रांसीसी-भाषा प्रोफेसरों और साथी छात्रों के खिलाफ (Leuven Vlaams! And Walenbuiten!) 'वालून, बाहर निकलो!' जैसे नारों के साथ विरोध प्रदर्शन शुरू कर दिया था। इन घटनाओं ने पूरे देश को झकझोरकर रख

दिया। 1993 में अंततः बेल्जियम को तीन राष्ट्रीय भाषाओं वाले एक संघीय राज्य के रूप में मान्यता दी गई।

भाषा के कारण बेल्जियम के दो प्रमुख क्षेत्रों—फ्रलेमिंग्स और वाल्लून के बीच में बहुत अधिक तनाव देखने को मिलता है। इस तनाव ने दोनों क्षेत्रों में 'अल्पसंख्यकों' को भी उत्पन्न किया है। इन अल्पसंख्यकों में वे वाल्लून शामिल हैं, जो फ्रलेमिश क्षेत्र का हिस्सा हैं और फ्रलेमिंग जो वाल्लून क्षेत्र का हिस्सा है। सरकार ने इन अल्पसंख्यकों की सुरक्षा के लिए कड़े कदम उठाए, जो इन समुदायों के बीच बड़ी दरार का कारण थे।

मूल निवासी के अलावा विदेशी मूल के निवासी दसवें हिस्से से भी कम आबादी वाले हैं; इनमें उत्तरी और मध्य अफ्रीका, दक्षिण पश्चिमी एशिया तथा मध्य-पूर्व के प्रवासियों की बड़ी संख्या सम्मिलित है।

देश के दक्षिणी भाग अर्देनेस क्षेत्र में आबादी विरल है, क्योंकि यह जंगल से भरा हुआ है। पूर्व में हेरवे पठार और दक्षिण-पश्चिम में पश्चिमी एंट्रे-सम्ब्रे-एट-मयूस (Entre-Sambre-et-Meuse) क्षेत्र में जनसंख्या काफी कम है। खेतों और आवासीय क्षेत्रों को समुद्री फ्रलैंडर्स और निचले स्केलेड के खुले परिदृश्य के रूप में देखा जा सकता है, जो कि बाँध और नहरों से घिरा हुआ है। बाजार, शहर और बस्ती आंतरिक फ्रलैंडर्स के क्षेत्र में सुसज्जित तरीके से बिखरे हुए हैं, फिर भी बेल्जियम शहरीकृत देश है, जहाँ कुल आबादी का अधिकांश भाग शहरों में ही रहता है।

उन्नीसवीं और बीसवीं शताब्दी के दौरान वाल्लून कोयला क्षेत्र ने (जो लगभग दक्षिण-मध्य बेल्जियम में मयूज घाटी के उत्तर में है), कोयला खनन, काँच निर्माण, लौह उत्पादन, जस्ता धातु और रसायन उद्योगों के लिए एक नया आयाम स्थापित किया। मध्य आयु के बाद से, लीज इस क्षेत्र की आर्थिक और सांस्कृतिक राजधानी रहा है। वालोनिया क्षेत्र में प्रशासनिक राजधानी नामुर एक प्राचीन शहर है,

जिसका औद्योगिकीकरण के पश्चात् काफी विस्तार हुआ है। औद्योगिक क्षेत्र का दिल कहे जानेवाला ऐसा ही एक बड़ा शहर है चार्लारोई। यह वाणिज्य और उद्योग के प्रभुत्व वाला एक नया शहर है। उन्नीसवीं शताब्दी के औद्योगिक विकास के दौरान मेट्रोपॉलिटन केंद्र ला लौविरे (La Louviere) की स्थापना हुई।

फ्लैंडर्स स्कैलिड के पूर्वी तट के साथ विस्तारित एंटवर्प का प्राचीन शहर है, जो देश का दूसरा सबसे बड़ा महानगरीय क्षेत्र है। इस्टुअरी (estuary) और कोनकेव (Concave) नदी के किनारे बसा यह शहर यूरोप के सबसे बड़े बंदरगाहों में से एक है। पेट्रोलियम, रिफाइनिंग, रासायनिक, धातुकर्म उद्योग, खाद्य प्रसंस्करण एवं इलेकट्रॉनिक्स विनिर्माण जैसे विभिन्न उद्योगों के लिए यह बंदरगाह यातायात सुविधाएँ मुहैया कराती है। एंटवर्प हीरा कटान के साथ-साथ आयात-निर्यात के लिए भी मशहूर है।

बेल्जियम का एक और महत्त्वपूर्ण बंदरगाह ऐतिहासिक शहर गेंट में स्थित है। गेंट एक लंबी अवधि से कपड़ा उद्योग का महत्त्वपूर्ण केंद्र रहा है, लेकिन बीसवीं शताब्दी में इस शहर में गेंट-टर्नेउजेन नहर के साथ एक औद्योगिक पुनर्जन्म का अनुभव किया गया, जो विशेष रूप से इस्पात उत्पादन की विशेषता वाले स्कैलिड के बंदरगाह को जोड़ता था।

बर्गलैंड के अंतरदेशीय शहर में नहर से जुड़ा बेल्जियम, जेब्रुज का तीसरा व्यस्त बंदरगाह है। कैथेडल सार्वजनिक भवनों और प्राचीन घरों में रहनेवाले वर्ग का मध्ययुगीन तौर तरीके वाला शहर है। 'बर्गेज' का अर्थ है 'पुल' और जैसा कि इसके नाम से पता चलता है कि शहर में कई पुल हैं और कई नहरों वाली रेई नदी है। ब्रूज सातवीं शताब्दी की शुरुआत में वर्णित किया गया था और हैंसिटिकलीग के लिए एक महत्त्वपूर्ण व्यापारिक केंद्र बन गया। पंद्रहवीं शताब्दी के दौरान यह

शहर व्यापारिक रूप से अपने चरम पर पहुँच गया था, जब बरगंडी के ड्यूक ने वहाँ राजसभा लगाई थी।

कैथोलिक यूनिवर्सिटी ऑफल्यूवेन लेउवेन में अवस्थित है, जो छोटे देशों में स्थापित होनेवाला पहला विश्वविद्यालय है। यह ब्रुसेल्स से लगभग 16 मील पूर्व में है। प्रथम व द्वितीय विश्वयुद्ध के दौरान इस विश्वविद्यालय को बड़े पैमाने पर नुकसान हुआ, लेकिन कई देशों की आर्थिक मदद से इसका जीर्णोद्धार कर इसे पुनः प्रतिस्थापित किया गया।

ब्रुसेल्स बेल्जियम का सबसे बड़ा शहर है, साथ ही देश की राजधानी एवं फ्लैंडर्स का प्रशासनिक क्षेत्र भी। शहर के कई उपनगर हैं, जो वाल्लूनब्रेबैंट और फ्लेमिशब्रेबंट में फैले हैं। यह बेल्जियम में केवल वाणिज्य, उद्योग और बौद्धिक जीवन का केंद्र ही नहीं, अपितु ब्रुसेल्स में यूरोपीय संघ और नाटो के मुख्यालय होने के साथ-साथ यह अंतरराष्ट्रीय महत्त्व का शहर भी है। द्विभाषी क्षेत्र होने के कारण यहाँ के अधिकांश निवासी फ्लेमिश और फ्रेंच बोलने वालों लोगों के बीच की विसंगतियों से खुद को तटस्थ रखते हैं और स्वयं को एक अलग सांस्कृतिक क्षेत्र के रूप में देखते हैं।

जहाँ तक आबादी की बात है, बेल्जियम की जनसंख्या की वार्षिक वृद्धि दर बहुत कम है। समग्र जन्म दर मृत्यु दर से थोड़ा ही अधिक है। जनसंख्या वृद्धि दर एवं मृत्यु दर बीसवीं शताब्दी के अंत तक लगभग बराबर हो गई, जो कि 1980 के दशक से पहले वालोनिया की तुलना में फ्लैंडर्स की जनसंख्या से अधिक थी। बीसवीं शताब्दी के दौरान ग्रामीण क्षेत्रों से शहरी प्रवासन काफी था। फ्लैंडर्स और वालोनिया के बीच का प्रवासन उन नीतियों के बाद बहुत कम हो गया, जिन्होंने दोनों क्षेत्रों को आधिकारिक तौर पर एक ही क्षेत्र बना दिया था; लेकिन भाषायी आधार पर. अभी भी काफी प्रवासन है, हालाँकि उत्प्रवास दर कम है, लेकिन

जो निवास करते हैं, वे अन्य यूरोपीय संघ के देशों या संयुक्त राज्य अमेरिका में ही जाते हैं।

द्वितीय विश्वयुद्ध के बाद से विदेशी मूल की जनसंख्या में वृद्धि हुई है, शायद बेल्जियम के नागरिकों की तुलना में आप्रवासियों के बीच आव्रजन और उच्च जन्म दर के कारण। वाल्लून खनन और औद्योगिक क्षेत्र के शहरों में, ब्रुसेल्स में और एंटवर्प में विदेशियों का जनसंख्या घनत्व सर्वाधिक है। विदेशी श्रमिक बड़े पैमाने पर भूमध्यसागरीय मूल के हैं और इन प्रवासी श्रमिकों की एक मामूली संख्या ही उनके मूल देश में वापस लौट पाती है।

बेल्जियम के संविधान के अनुसार सभी नागरिकों को धार्मिक स्वतंत्रता दी जाती है, लेकिन सरकार द्वारा सभी धर्मों या धार्मिक समूहों को मान्यता नहीं दी जाती है। बेल्जियम के लोग अपने इच्छित धर्मों का पालन करने के लिए स्वतंत्र हैं। ऐतिहासिक संदर्भ में देखा जाए तो बेल्जियम में बहुत विविधि धार्मिक समुदाय के लोग रहते हैं, वह भी उस अवधि के दौरान से, जब बेल्जियम कुछ ही देशों का हिस्सा था। रोमन साम्राज्य के तहत ईसाई धर्म को फिर से लागू किया गया और यह खूब फला-फूला भी। यह प्रोटेस्टेंट सुधार युग था, जिसमें कई महत्त्वपूर्ण परिवर्तन हुए। यह उन घटनाओं के अभिसरण का परिणाम था, जिससे अंतत: आधुनिक बेल्जियम का गठन किया गया था। रोमन कैथोलिक चर्च द्वारा 1523 में लूथरन की प्रथम शहादत का स्थान बेल्जियम बन गया और लुथेरन सिद्धांत के रूपांतरण के लिए ब्रुसेल्स में अगस्तियन भिक्षुओं जोहानएसच और हेनरिकवॉयस को जला दिया गया; हालाँकि सोलहवीं शताब्दी में बेल्जियम स्पेनिश साम्राज्य का हिस्सा बन गया, जिसने लिबरल कैथोलिक और प्रोटेस्टेंट के प्रति थोड़ी सहिष्णुता दिखाई। धर्म ने राजनीति व राजतंत्र दोनों में अपनी प्रमुख भूमिका निभाई, जिससे देश के अंदर कई विरोध और विवाद भी उत्पन्न हुए।

वर्तमान में बेल्जियम एक ऐसी आबादी वाला देश बन गया, जहाँ विभिन्न धर्मों एवं मान्यताओं से संबंधित लोग निवास करते हैं। देश ने राज्य और चर्च का भी पृथक्करण कर दिया है, इसलिए एक-दूसरे के व्यवसाय क्षेत्र में कोई हस्तक्षेप नहीं है। इस तरह राज्य किसी व्यक्ति से यह न पूछ सकता कि वे किस धर्म का अनुपालन करते हैं, न ही किसी विशेष धर्म का पालन करने के लिए अपने नागरिकों को बाध्य कर सकते हैं। हाल ही में हुए शोध के अनुसार कुल आबादी के लगभग 62 प्रतिशत लोग इसाई धर्म के किसी-न-किसी रूप का अनुसरण करते हैं, इनमें लगभग 60 प्रतिशत स्वयं की पहचान रोमन कैथोलिक के रूप में करते हैं, जबकि शेष 2 प्रतिशत प्रोटेस्टेंट और रूढ़िवादी भी सम्मिलित हैं। इसलाम बेल्जियम में दूसरे सबसे बड़े धर्म के रूप में उभरा है, यह कुल आबादी का लगभग 6 से 8 प्रतिशत है। अन्य धर्मों की बात करें तो बेल्जियम के यहूदी समुदाय में लगभग 40,000 सदस्य, लगभग 21,000 सदस्यों के साथ एंग्लिकन और 27,000 सदस्यों के साथ यहोवाजै धर्म के अनुयायी रहते हैं। साथ ही 3,000 मोर्मोंस धर्म के अनुयायी भी हैं। जनसंख्या के सबसे छोटे हिस्से में बौद्ध, जैन सिख और हिंदू धर्म शामिल हैं। लगभग 10 प्रतिशत या अधिक जनसंख्या किसी भी धर्म का अनुसरण नहीं करते हैं, जिसमें अज्ञेयवादी (गैर-धार्मिक) और नास्तिक दोनों शामिल हैं। बेल्जियम के सभी इकाई चर्च (कैथोलिक, प्रोटेस्टेंट, रूढ़िवादी आदि) बेल्जियम के कानून द्वारा मान्यता प्राप्त हैं, इसी प्रकार इसलाम और यहूदी धर्म को भी मान्यता प्राप्त है। आधिकारिक मान्यता मिलने पर माता-पिता द्वारा अपने बच्चों के लिए धार्मिक शिक्षा प्रदान करने की स्वतंत्रता प्राप्त हो जाती है।

भाषा की विविधता

बेल्जियम अपनी भाषाई विविधता के कारण विश्व का आकर्षक

निवेश केंद्र है। बेल्जियम में 'एक देश, एक भाषा, एक लोग' की अभिव्यक्ति सफल नहीं हो सकती। बेल्जियम के विषय में अच्छी बात यह है कि यह कई यूरोपीय देशों के व्यापार मार्ग का चौराहा है, जिसमें सभी भाषाओं संस्कृतियों का बेहद समागम दिखता है। विशेषकर महत्त्वपूर्ण यूरोपीय शक्तियों इंग्लैंड, जर्मनी, फ्रांस का निश्चित प्रभाव यहाँ दिखता है। इसके साथ ही यह राष्ट्रसेवा क्षेत्र में अपने को आकर्षक गंतव्य के रूप में स्थापित करता है, इसलिए यहाँ भाषाएँ सीखने को प्राथमिकता दी जाती है। देश में अंग्रेजी, फ्रेंच, जर्मन, डच भाषा का प्रयोग किया जाता है, जो कि क्षेत्र पर निर्भर करता है। वाल्लन के लोग फ्रांसीसी बोली में संवाद करते हैं और उनकी भाषा साहित्यिक फ्रेंच के अधिक करीब है। फ्लेमिश लोग डच भाषा का प्रयोग करते हैं। भारत की तरह निश्चित क्षेत्र के बाद बोली बदल जाती है। डच का भी देशी रूपांतरण देखने को मिलता है। वेस्ट फ्लेडस के निवासी लिबर्ग काउंडी की डच मुश्किल से समझेंगे।

बेल्जियम में मुझे बताया गया कि अगर आपको दो-तीन भाषाएँ आती हैं तो आपको नौकरी मिलने की बेहतर संभावनाएँ हैं। वैसे भी मेरा मानना है कि विविध भाषाओं का ज्ञान आपके भीतर प्रखरता का विकास करता है। मुझे मेरे मित्रों ने बताया कि बेल्जियम में बोले जानेवाली डच को 'बेल्जियन डच' बोला जाता है। साठ प्रतिशत लोग फ्लेमिश डच भाषा का प्रयोग करते हैं, जबकि 38-39 प्रतिशत फ्रेंच भाषा और लगभग 1 प्रतिशत लोग जर्मन भाषा का प्रयोग करते हैं। बेल्जियम के लोग भाषा के प्रति अत्यंत संवेदनशील हैं। लगभग तीस प्रतिशत लोग तीन भाषाओं के ज्ञाता हैं। 16 प्रतिशत लोग फ्लेमिश डच को द्वितीय राजभाषा के रूप में प्रयुक्त करते हैं, जबकि 49 प्रतिशत फ्रेंच भाषा को दूसरी भाषा के रूप में मान्यता देते हैं और लगभग 22 प्रतिशत लोग जर्मन भाषा का प्रयोग करते हैं।

□

5

बेल्जियम की सरकारी व्यवस्था, स्वास्थ्य, सुरक्षा एवं शिक्षा

बेल्जियम ने 1830 में स्वतंत्रता प्राप्त की। 1970 से 1973 के बीच इस देश ने काफी तेजी से विकास किया। यह पाँच राज्य सुधारों (1970, 1980, 1988-89, 1993 और 2001 में) के बाद और अधिक समृद्ध हुआ। बेल्जियम एक संघीय राज्य है, जो समुदायों और क्षेत्रों से बना है। संघीय सरकार और संघीय संसद् के पास निर्णय लेने की विशेष शक्ति नहीं है। देश का नेतृत्व अब भी विभिन्न भागीदारों के हाथों में है, जो स्वतंत्र रूप से अपने प्रांतों के भीतर अपने क्षेत्राधिकार का प्रयोग करते हैं।

सत्ता दो पद्धतियों के साथ वितरित की गई थी—पहली, भाषायी आधार पर और दूसरी, संस्कृति के आधार पर। इस तरह समुदाय यहाँ उन लोगों का उल्लेख करती है, जो भाषा और संस्कृति जैसे बंधनों को मानते हैं। यही उन्हें एकजुट बनाए रखती है एवं उनके भीतर समरसता व भ्रातृत्व का भाव भी उत्पन्न करती है। बेल्जियम में तीन राष्ट्रीय भाषाएँ हैं—डच, फ्रेंच और जर्मन। इस आधार पर देश में तीन समुदाय हैं, फ्रांसीसी भाषी समुदाय, फ्रलेमिश भाषी समुदाय और जर्मन भाषी समुदाय। देश के तीन क्षेत्र हैं—फ्रलेमिश क्षेत्र, ब्रुसेल्स राजधानी क्षेत्र और वाल्लून क्षेत्र। देश को 10 प्रांतों और 589 नगरपालिका

परिषदों में विभाजित किया गया है। विदेशी मामलों के क्षेत्र, राष्ट्रीय रक्षा, न्याय, वित्त, सामाजिक सुरक्षा, राष्ट्रीय स्वास्थ्य और घरेलू मामलों के महत्त्वपूर्ण भागों आदि से संबंधित मुद्दे अभी भी संघीय राज्य के अंतर्गत आते हैं, जो अभी भी महत्त्वपूर्ण शक्तियों को बरकरार रखते हैं; हालाँकि क्षेत्रों और समुदायों में भी विदेशी संबंधों को स्थापित करने व बनाए रखने की शक्ति निहित है।

सुरक्षा की दृष्टि से बेल्जियम के सशस्त्र बलों में भूमि, वायु और नौसैनिक घटक के साथ-साथ आरक्षित बल और चिकित्सा सेवाएँ शामिल हैं। बेल्जियम सैन्य गठबंधन 'नाटो' के संस्थापक सदस्यों में से एक था, जिसका मुख्यालय भी बेल्जियम में स्थित है। कानून प्रर्वतन संघीय पुलिस और कई स्थानीय पुलिस बलों द्वारा किया जाता है। जहाँ तक स्वास्थ्य एवं परिवार कल्याण की बात है तो द्वितीय विश्वयुद्ध के बाद सामाजिक बीमा जैसे महत्त्वपूर्ण कार्यक्रमों पर विशेष रूप से जोर दिया गया, जिससे स्वास्थ्य की स्थिति में बहुत अधिक सुधार हुआ। आज यह योजना लगभग पूरी आबादी को लाभ पहुँचाने का काम कर रही है। कई अस्पतालों के द्वारा केंद्र चिकित्सा, मनोवैज्ञानिक और बाल चिकित्सा जैसे क्षेत्रों के साथ-साथ शारीरिक पुनर्वास में विशेष सहायता प्रदान की जा रही है। प्रत्येक कम्युनिटी के पास 1925 के कानून के तहत सांप्रदायिक परिषद् पर प्रतिनिधित्व करनेवाली सार्वजनिक सहायता का एक आयोग होता है, जो असहायों को सहायता प्रदान करता है।

शिक्षा

बेल्जियम का संविधान सभी को शिक्षा की स्वतंत्रता प्रदान करता है, लेकिन समुदायों के लिए शिक्षा जैसी सेवाओं पर निर्णय लेने के लिए समुदाय ही जिम्मेदार हैं। बेल्जियम में मुख्यतः तीन समुदाय हैं—फ्रलेमिश, फ्रेंच और जर्मन। इन तीनों के बीच संघर्ष के कारण यह

स्थिति लगभग पृथक् राज्य की माँग तक बनी हुई है, जो कुछ वर्षों के दौरान सामाजिक ताने-बाने में एक जटिल समस्या के रूप में उभरा है। ये गतिरोध सार्वजनिक और इकबालिया (यानी रोमन कैथोलिक) स्कूलों के बीच समस्याएँ उत्पन्न करती हैं। ये समुदाय अलग-अलग क्षेत्रों में रहते हैं, इसलिए शिक्षा भी भाषा के अनुसार अलग-अलग होती है। फ्रलेमिश का प्रयोग उत्तर में, दक्षिण में फ्रेंच और जर्मन का प्रयोग पूर्व के छोटे क्षेत्रों में किया जाता है, जबकि ब्रुसेल्स राजधानी क्षेत्र में फ्रलेमिश और फ्रेंच दोनों ही भाषाओं का प्रयोग किया जाता है, इसलिए इसे एक द्विभाषी क्षेत्र के रूप में भी जाना जाता है।

बेल्जियम के धार्मिक स्कूलों (जो स्वतंत्र हैं) में एक दोहरी प्रणाली मौजूद है। ये प्राथमिक और माध्यमिक स्तरों पर मौजूद हैं, माध्यमिक विद्यालयों के दो वर्ग हैं, जिनमें एक शास्त्रीय या आधुनिक पाठ्यक्रम प्रदान करते हैं, जबकि दूसरे तकनीकी और व्यावसायिक शिक्षा। बेल्जियम उच्च शिक्षा प्रणाली में बोलोग्ना प्रक्रिया का अनुसरण करता है, जिसमें तीन साल की बैचलर डिग्री और एक से दो साल की मास्टर डिग्री प्रदान की जाती है। यह डिग्री बेल्जियम के विश्वविद्यालयों और कॉलेजों के द्वारा प्रदान की जाती है। मास्टर डिग्री के पूरी होने के बाद छात्र पी.एच-डी. यानी शोध कार्य का विकल्प चुन सकते हैं, जो केवल बेल्जियम के विश्वविद्यालयों द्वारा ही प्रदान की जाती है।

अनुसंधान का हब बेल्जियम

बेल्जियम में विभिन्न अनुसंधान संस्थानों ने चिकित्सा, जैव रसायन, सांख्यिकी और खगोल विज्ञान, जैसे क्षेत्रों पर ध्यान केंद्रित किया है। शोधकर्ताओं ने इन क्षेत्रों में अपने काम के लिए प्रतिष्ठित अंतरराष्ट्रीय वैज्ञानिक पुरस्कार प्राप्त किए हैं।

अंटार्कटिका में अंतरिक्ष अनुसंधान, उत्तरी सागर अनुसंधान और जलवायु अनुसंधान में बेल्जियम अत्यंत सक्रिय है। यह सतत विकास पर केंद्रित महत्त्वाकांक्षी अनुसंधान परियोजनाओं में भी बड़े पैमाने में शामिल है। बेल्जियम में कई वैज्ञानिक वर्तमान में अग्रणी विदेशी विश्वविद्यालयों में हैं। विश्वविद्यालयों के उच्च वैज्ञानिक मानक और बेल्जियम में जीवन की गुणवत्ता कई विदेशी छात्रों और शोधकर्ताओं को आकर्षित करती है। बेल्जियम में विज्ञान को पारंपरिक रूप से शिक्षा और सार्वजनिक क्षेत्र से जोड़ा गया है, लेकिन पिछले कुछ समय से उद्योग वैज्ञानिक अनुसंधान में बड़ी भूमिका निभा रहा है, जो अंतरिक्ष यात्र, जैव रसायन, चिकित्सा, फार्मास्युटिकल्स और आई.टी. पर केंद्रित है। बेल्जियम एक संघीय राज्य है। प्रत्येक क्षेत्र की आवश्यतानुसार वैज्ञानिक अनुसंधान किए जा रहे हैं।

ब्रुसेल्स के निकट लेवन सिटी

बेल्जियम की संघीय संरचना का उसकी अनुसंधान नीति पर एक मजबूत प्रभाव है। 2016 में बेल्जियम ने अपने सकल घरेलू उत्पाद (बेल्जियम के लिए एक ऐतिहासिक उच्च) का 2-49 प्रतिशत आर-

एफ-डी-1 में निवेश किया। इसने बेल्जियम को यूरोपीय संघ के औसत 2-03 प्रतिशत से ऊपर रखा। व्यावसायिक क्षेत्र का आर एंड डी-शेयर 1-73 प्रतिशत के करीब है, जो यूरोपीय मानकों (यूरोपीय संघ का औसत 1-32 प्रतिशत) से बहुत अधिक है।

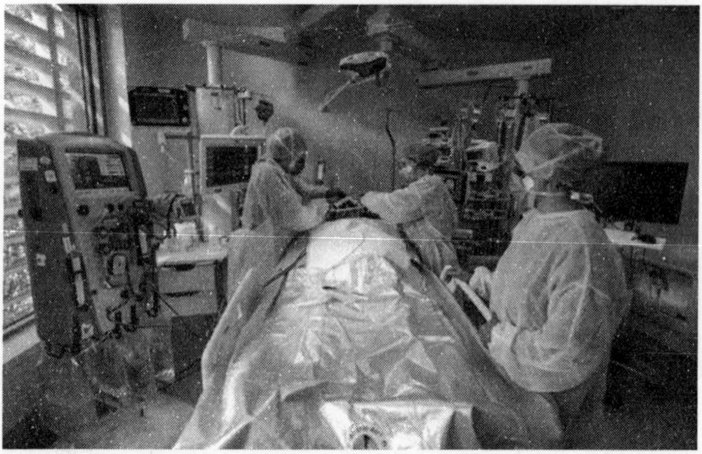

नवाचारयुक्त इलेक्ट्रॉनिक उद्योग

बेल्जियम वैश्विक प्रतिस्पर्धात्मकता रिपोर्ट 2017-18 में 20वें स्थान पर है। तीन प्रमुख संकेतक सामान्य स्थिति (रैंक 27), दक्षता (स्थिति 18) और नवाचार (रैंक 14) नीचे की औसत स्थितियों के लिए विशेष रूप से उल्लेखनीय हैं।

यूरोपीय इनोवेशन स्कोरबोर्ड 2018 के समग्र नवाचार संकेतक के अनुसार बेल्जियम की नवाचार शक्ति यूरोपीय संघ के औसत से ऊपर है। बेल्जियम 'स्ट्रॉन्ग इनोवेटर्स' के समूह दो में से एक है और यूरोप आठवें स्थान पर है। बेल्जियम की विशेष ताकत रिपोर्ट के अनुसार इसकी आकर्षक अनुसंधान प्रणाली और इसके कॉरपोरेट निवेशों की सापेक्ष ताकत है।

2014 का राष्ट्रीय सुधार कार्यक्रम 2020 तक अपने सकल घरेलू उत्पाद के 30 प्रतिशत का निवेश और विकास (R&D) में बेल्जियम के लक्ष्य निर्धारित करता है। यह देखने योग्य है कि बेल्जियम ने एकीकृत अनुसंधान, प्रौद्योगिकी, विकास और नवाचार नीति के सोच से ज्ञान-विज्ञान में काफी प्रगति की है।

विश्वविद्यालय शोध संस्थानों में फ्रलेमिश क्षेत्र

बेल्जियम के संघीय ढाँचे का उसकी अनुसंधान नीति के डिजाइन और इसकी अनुसंधान प्रणाली की संरचना पर एक मजबूत प्रभाव है। समुदाय और क्षेत्रों ने विज्ञान, अनुसंधान और नवाचार के क्षेत्रों में अपने स्वयं के क्षेत्रों को विकसित किया है। क्षेत्र (फ्रलेमिश क्षेत्र, ब्रुसेल्स

क्षेत्र और वालून क्षेत्र) मुख्य रूप से लागू (औद्योगिक, तकनीकी) अनुसंधान और नवाचार के प्रचार और डिजाइन के लिए जिम्मेदार हैं। कम्युनिटीज (फ्लेमिश कम्युनिटी, फ्रेंच कम्युनिटी और जर्मन कम्युनिटी) विश्वविद्यालयों में शिक्षा और (बुनियादी) शोध के लिए जिम्मेदार हैं। औपचारिक रूप से विज्ञान, अनुसंधान, प्रौद्योगिकी और नवाचार के लिए कई जिम्मेदार उत्कृष्ट कार्य कर रहे हैं। परिणामस्वरूप अनुसंधान और नीति में काफी नई पहलों को शुरू किया गया है। प्रत्येक निर्णय स्तर पर सरकार को राय और सिफारिशें प्रदान करने के लिए एक सलाहकार निकाय (विज्ञान नीति परिषद्) है। ये निकाय विज्ञान विश्वविद्यालयों, व्यवसाय और समाज के क्षेत्रों से व्यक्ति बनते हैं। संस्थागत जिम्मेदारियों को सरल बनाना और अनुसंधान नीति की सुसंगतता तथा दक्षता में सुधार करना सरकार का एक महत्त्वपूर्ण उद्देश्य है।

विविधता से परिपूर्ण विद्यालय

प्राथमिक विद्यालय

वैश्विक मानकों पर खरे उतरते बेल्जियन विद्यालय

सहयोग की प्राथमिकताएँ

सघन सीमा पार से सहयोग हेतु नीदरलैंड्स के साथ कई योजनाएँ गतिमान हैं। यूरोपियन स्ट्रक्चरल फंड्स की निधि यहाँ उपलब्ध है।

बी.एम.बी.एफ. तकनीकी कार्यक्रम स्वास्थ्य अनुसंधान और स्वास्थ्य अर्थशास्त्र के साथ-साथ संचार और सूचना प्रौद्योगिकियों में बेल्जियम के संस्थानों को शामिल करनेवाली परियोजनाओं पर ध्यान केंद्रित करते हैं। इसके अलावा वर्तमान यूरोपीय संघ के फ्रेमवर्क प्रोग्राम फॉर रिसर्च एंड इनोवेशन 'होराइजन 2020' के तहत जर्मन और बेल्जियम के भागीदारों के बीच बहुत गहन सहयोग है।

यूरोपीय अनुसंधान क्षेत्र (ई.आर.ए.) के ढाँचे के भीतर विशेष राज्य समर्थित संपर्क की आवश्यकता के बिना, शोधकर्ताओं और अनुसंधान संस्थानों के बीच सीधा संपर्क स्थापित होता है। संयुक्त गतिविधियों के लिए फोकस क्षेत्रों में से एक नेटवर्क का विकास और विस्तार है। मुझे लगता है, इस नेटवर्क ने बेल्जियम को शोध-क्षेत्र में आगे बढ़ने में काफी मदद की है।

□

6

बेल्जियम की अर्थव्यवस्था

बेल्जियम की अर्थव्यवस्था मुक्त उद्यम की है, यानी जहाँ उत्पादों, कीमतों और सेवाओं को बाजार द्वारा निर्धारित किया जाता है, न कि सरकार द्वारा। देश के सकल घरेलू उत्पाद (GDP) का अधिकांश हिस्सा सेवा क्षेत्र से आता है। बेल्जियम की अर्थव्यवस्था यूरोप से पूरी तरह से जुड़ी हुई है। बेल्जियम यूरोपीय संघ, बेल्जियम-लक्जमबर्ग आर्थिक संघ (BLEU) और बेनेलक्स आर्थिक संघ जैसे कई सुपर-नेशन संगठनों का सदस्य रहा है। 1952 में यूरोपीय कोयला और इस्पात समुदाय का चार्टर सदस्य बनकर बेल्जियम ने अपनी अर्थव्यवस्था के अंतरराष्ट्रीयकरण में उल्लेखनीय कदम उठाया।

बेल्जियम : यूरोप की महत्त्वपूर्ण अर्थव्यवस्था

इतिहास में बेल्जियम की अर्थव्यवस्था ज्यादातर कच्चे माल का फैब्रिकेटर के रूप में भूमिका और तैयार माल के निर्यात पर आधारित थी। देश ने 19वीं शताब्दी की शुरुआत में इस्पात उत्पादन क्षेत्र में कदम रखा और प्रमुख स्टील उत्पादक केंद्रों में से एक बन गया। इसके कई कारखाने दक्षिणी वाल्लून कोयला खनन क्षेत्र में केंद्रित थे, विशेष रूप से सैम्ब्रे-मुसेस घाटी में। प्रथम और द्वितीय विश्वयुद्ध के दौरान देश में आई तबाही के बाद बेल्जियम की आर्थिक स्थिति बहुत खराब हो

गई थी, जिसके कारण अर्थव्यवस्था को पटरी पर लाने के लिए बाद में मौद्रिक सुधार जैसे महत्त्वपूर्ण कदम उठाए गए थे। इस अवधि के दौरान फ्रलेमिश, विनिर्माण और रासायनिक उद्योग में उत्तरोत्तर वृद्धि हुई थी। बेल्जियम यूरोपीय देशों में से ऐसा पहला देश है, जो अनुकूल संतुलित व्यापार पोस्ट विश्वयुद्ध को फिर से स्थापित कर रहा था। बीसवीं शताब्दी तक वालोनिया में कोयला भंडार समाप्त होने के कारण स्टील उद्योग अक्षम होने लगा, श्रम कार्य की लागत में मामूली वृद्धि देखी गई और देश के विदेशी निवेश में भारी गिरावट आई थी। अर्थव्यवस्था के इस निकट अवसाद की स्थिति से निपटने के लिए सरकार ने अनुदानित उद्योगों द्वारा सब्सिडी की। साथ ही लोगों को प्रोत्साहित करने, ब्याज दरों को कम करने और विदेशी निवेश को आकर्षित करने हेतु पूँजी बोनस जैसे उल्लेखनीय प्रयास किए गए। ये प्रयास काफी हद तक सफल भी रहे, लेकिन मध्यम रूप से इसने यूरोप में सकल राष्ट्रीय उत्पाद के संबंध में सबसे बड़े बजट घाटे में से एक बेल्जियम को छोड़ दिया। इसने सरकार को सामाजिक कल्याण प्रणाली को बनाए रखने एवं विदेशी व्यापार के वित्तपोषण हेतु विदेशों से भारी मात्रा में उधार लेने के लिए मजबूर किया। 1980 के दशक की शुरुआत में सरकार ने बजट घाटे को कम करने का प्रयास किया और 1990 के दशक की शुरुआत में सामाजिक सुरक्षा प्रणाली के लिए इसकी सब्सिडी को भी कम कर दिया। 1 जनवरी, 1999 को बेल्जियम यूरोपीय मौद्रिक संघ का चार्टर सदस्य बन गया, जो यूरो की शुरुआत का मार्ग प्रशस्त करता है। 2002 में यूरो भी बेल्जियम फ्रैंक की जगह देश की एकमात्र मुद्रा बन गया। नियमित रूप से सरकार ने वालोनिया में निवेश को प्रोत्साहित करने के लिए सब्सिडी और प्रोत्साहन की पेशकश की है। फ्रलैंडर्स में बेरोजगारी की समस्या नहीं है, जिससे सेवा उद्योगों में उल्लेखनीय वृद्धि हुई है।

बेल्जियम संसद्

कृषि सेक्टर का महत्त्वपूर्ण योगदान

बेल्जियम के सकल घरेलू उत्पाद में योगदान करनेवाले क्षेत्रों में कृषि, बिजली, विनिर्माण, वित्त, व्यापार, सेवा, श्रम, कराधान, परिवहन और दूरसंचार हैं। आइए, प्रत्येक क्षेत्र के योगदान को समझते हैं, अगर कृषि उद्योग की बात करें तो कृषि, वानिकी और मछली पालन जीडीपी के केवल एक छोटे प्रतिशत के लिए जिम्मेदार हैं। यह इस तथ्य के कारण लगातार सिकुड़ता दिख रहा है कि पूरी जनसंख्या का केवल कुछ ही प्रतिशत आबादी कृषि क्षेत्रों में कार्यरत है। कृषि गतिविधियाँ दिन-प्रति-दिन कम हो रही हैं। बेल्जियम में कुल भूमि का लगभग एक-चौथाई भाग कृषि योग्य है, यहाँ उगाई जानेवाली प्रमुख फसलें हैं—चीनी, बीट, चिकोरी, सन, अनाज के दाने और आलू। फल, सब्जियों और यहाँ तक कि सजावटी पौधों की खेती बहुत महत्त्वपूर्ण है, खासकर फ्लैंडर्स एवं देश के डच भाषी उत्तरी क्षेत्र में। बेल्जियम में प्रमुख कृषि गतिविधियाँ पशुधन पर निर्भर करती हैं। कुल कृषि मूल्य का दो-तिहाई से अधिक डेयरी और मांस उद्योग से आता है।

जई, जौ, आलू, की फसलें और यहाँ तक कि गेहूँ जैसी फसलें देश में हर जगह उगाई जाती हैं, लेकिन विशेष रूप से दक्षिण-पूर्वी भाग में। हैनॉट, फ्रलेमिशब्रेबंट, वाल्लूनब्रेबेंट और हेस्बे (लिंबर्ग के दक्षिण-पश्चिम में रोलिंग भूमि का क्षेत्र) उत्तर-मध्य बेल्जियम के खुले ग्रामीण इलाकों को रेखांकित करते हैं, जिसमें चारागाह शामिल हैं। इनमें गेहूँ, चीनी बीट और जई, जैसी फसलों की गहन खेती भी शामिल है, स्थानीय विविधताओं में उत्तरी हेस्बेय के बाग शामिल हैं।

समुद्री फ्रलैंडर्स और निचले स्कैलिड में जो देश के सुदूर उत्तरी क्षेत्र का हिस्सा हैं, खेतों का आकार 25 से 75 एकड़ तक है। इन खेतों का उपयोग गेहूँ और चीनी जैसी फसलों के उत्पादन के रूप में किया जाता है। फ्रलैंडर्स के आंतरिक भाग की भूमि चराई के लिए प्रयोग की जाती है। सघन खेती के लिए 10 एकड़ से छोटे खेतों व उद्यानों का उपयोग किया जाता है। दक्षिण-पश्चिमी फ्रलैंडर्स के मुख्य फसलों में ओट्स, राई और आलू शामिल हैं। साथ ही यहाँ गेहूँ, चुकंदर, चिकोरी, हॉप्स, सन के अलावा गुलाब और बेगोनिया जैसी सजावटी फसलें भी उगाई जाती हैं।

बेल्जियम का अपेक्षाकृत छोटा वन-उत्पाद उद्योग अर्देनेस और कैंपेनलैंड के लगाए जंगल द्वारा समर्थित है। द्वितीय विश्वयुद्ध के बाद वन उद्योग का विकास मशीनीकरण से हुआ है, जिससे बेल्जियम लकड़ी उद्योग पर अपनी निर्भरता को कम कर सकता है। बेल्जियम का मत्स्य पालन उद्योग भी अपेक्षाकृत छोटा है, देश में लगभग सभी मछलियों का उपभोग किया जाता है। मछली पकड़ने के मुख्य बंदरगाह जेब्रुज और ओस्टेंड हैं, जो उत्तरी समुद्र में मछली पकड़ने के मैदानों के लिए एक मामूली बेड़ा भेजते हैं। बेल्जियम में समुद्री खाद्य सामग्री का महत्त्वपूर्ण उद्योग है, जिसमें मोलस्क पूरे देश में कई रेस्तराँ के भोजन सूची में एक लोकप्रिय डिश है।

जहाँ तक संसाधन एवं विद्युत् उद्योग का मामला है, कोयला यहाँ का सबसे महत्त्वपूर्ण खनिज संसाधन रहा है। बेल्जियम में दो प्रमुख कोयला खनन क्षेत्र थे—मोन्स, चोर्लारोई, नामुर और लीज के माध्यम से दक्षिण-मध्य बेल्जियम में एक सँकरी पट्टी के रूप में एवं स्मार्ब-म्युस घाटी में। इस क्षेत्र में तेरहवीं शताब्दी के बाद से खनन शुरू हो गया। उन्नीसवीं शताब्दी के दौरान बेल्जियम के औद्योगीकरण में इसका महत्त्वपूर्ण योगदान रहा। मगर 1960 तक आते-आते इस क्षेत्र के कोयला भंडार लगभग समाप्त हो गए। इस क्षेत्र की अधिकांश खदानें बंद हो गईं। साथ ही उत्तर-पूर्वी बेल्जियम के कैंपेनलैंड (लिंबर्ग प्रांत) और देश के अन्य प्रमुख कोयला-खनन क्षेत्र में खनन का काम बंद हो गया। बेल्जियम में इस्पात उद्योग और घरेलू हीटिंग के लिए आवश्यक सभी कोयले का आयात किया जाने लगा।

उन्नीसवीं शताब्दी के दौरान सैम्बरे-मीयूज घाटी में लोहे और जस्ता के भंडार का अत्यधिक दोहन किया गया था। आयातित धातु अयस्कों का शोधन बेल्जियम की अर्थव्यवस्था में एक महत्त्वपूर्ण स्थान रखता है। टूमनी, मोंसर और लीज के आसपास चाक और चूना पत्थर के खनन द्वारा निर्मित सीमेंट उद्योग एक महान् समकालीन महत्त्व का है। कैंपेनलैंड से रेत, ग्लास एवं विर्निमाण उद्योग की आपूर्ति होती है और बोरिनज से मिट्टी का उपयोग मिट्टी के बरतनों के उत्पादों और ईंटों के लिए किया जाता है, इसके अलावा विशेष प्रकार के पत्थर भी खदान से प्राप्त किए जाते हैं।

निर्माण और इंजीनियरिंग क्षेत्र

देश के जल संसाधन बेल्जियम के दक्षिणी भाग में केंद्रित हैं। अधिकांश जल-धाराएँ अर्देनीज से निकलती हैं और उत्तर की ओर बहती हैं, देश का लगभग तीन-चौथाई भूजल स्रोत दक्षिण में अवस्थित है।

आबादी का सबसे बड़ा केंद्र उत्तर में है, जो पानी की आपूर्ति और माँग के बीच क्षेत्रीय संबंध बनाता है। इस समस्या का समाधान जल अंतरण प्रणाली के द्वारा किया जाता है, जिसमें नहर, भंडारण, बेसिन और पाइप लाइन शामिल हैं। पानी की भरपूर मात्रा होने के बावजूद औद्योगिक और घरेलू उपभोक्ताओं की भारी माँग है। बेल्जियम में जल प्रदूषण एक गंभीर समस्या बनी हुई है।

पेट्रोल एवं प्राकृतिक गैस उद्योग

निर्माण उद्योग की बात करें तो बेल्जियम का विनिर्माण क्षेत्र देश के कुल सकल घरेलू उत्पाद का छठवाँ भाग है। पूर्वी फ्रलैंडर्स के प्रांतों में लिंबर्ग और हैनॉट विनिर्माण, आर्थिक गतिविधि के प्रमुख केंद्र हैं। समबेर-म्युस घाटी में पुराने औद्योगिक सांद्रता को ग्रहण करते हुए, ब्रुसेल्स और एंटवर्प के बीच गलियारा एक प्रमुख विनिर्माण क्षेत्र के रूप में उभरा है। बेल्जियम में धातु विज्ञान, इस्पात, वस्त्र, रसायन, काँच, कागज और खाद्य प्रसंस्करण प्रमुख उद्योग हैं। देश कोबाल्ट, रेडियम, ताँबा, जस्ता और सीसा के प्रमुख उत्पादकों में से एक है। क्रूड

पेट्रोलियम एंटवर्प क्षेत्र में मुख्य रूप से स्थित रिफाइनरियों द्वारा संसोधित किया जाता है। एंटवर्प अपने हीरे उद्योग के लिए हीरे को काटने और आयात-निर्यात के लिए विश्व प्रसिद्ध है।

पेट्रोल उद्योग

बेल्जियम अंतरराष्ट्रीय स्तर पर देश में निर्मित लेंस के लिए जाना जाता है, लेकिन हाल ही में इस उद्योग में भारी गिरावट आई है, जो इस उद्योग से जुड़ी कुशल महिला श्रमिकों की बढ़ती उम्र पर निर्भर है। युवा श्रमिकों कों प्रशिक्षित करने के लिए मॉन्स और बिनेश में विशेष रूप से ट्रेंनिंग स्कूल एवं कॉलेज स्थापित किए गए हैं।

बीसवीं शताब्दी के अंत में विदेशी निवेश के कारण बेल्जियम की अर्थव्यवस्था के इंजीनियरिंग क्षेत्र में काफी वृद्धि हुई है। देश में विदेशी वाहन निर्माता और विदेशी फर्मों के लिए कई कंपनियाँ हैं, जो भारी बिजली के सामानों का निर्माण करती हैं। बेल्जियम में मशीन टूल्स और विशेषीकृत प्लास्टिक के कई महत्त्वपूर्ण विनिर्माण भी हैं।

वित्त व्यवस्था का जिक्र करें तो मालूम होता है कि 1960 के दशक से वित्तीय क्षेत्र का आर्थिक महत्त्व यहाँ काफी बढ़ गया है। देश में, विशेषकर राजधानी ब्रुसेल्स में राष्ट्रीय और अंतरराष्ट्रीय दोनों प्रकार के बैंक संचालित हैं। राष्ट्रीय वित्तीय सुरक्षा नेशनल बैंक बेल्जियम के सेंट्रल बैंक के अधीन है, जो मुद्रा जारी करने, संघीय सरकार, वित्तीय क्षेत्र और जनता को वित्तीय सेवाएँ प्रदान करने के लिए प्रतिबद्ध हैं। मौद्रिक नीति के प्रमुख पहलुओं का निर्माण अब यूरोपीय सेंट्रल बैंक की जिम्मेदारी है। बेल्जियम लंबे समय से महत्त्वपूर्ण विदेशी निवेश का लक्ष्य रहा है। इक्कीसवीं सदी में ऊर्जा, वित्त और व्यापार-सहायता सहित कई महत्त्वपूर्ण क्षेत्रों में बेल्जियम के विदेशी निवेश का विशेष महत्त्व रहा है।

औद्योगिक क्रांति का चित्रण

व्यापार की बात करें तो बेल्जियम की प्रमुख निर्यातक कंपनियों में मोटर वाहन, रसायन और दवा उत्पाद, मशीनरी, प्लास्टिक, हीरे, खाद्य और पशुधन, कपड़ा उत्पाद, लोहा और इस्पात आदि शामिल हैं। देश के प्रमुख आयातित संसाधनों में पेट्रोलिंग, रसायन, कपड़ा, मोटर वाहन और खाद्य उत्पादों सहित कच्चे माल हैं। बेल्जियम के प्रमुख व्यापारिक भागीदार यूरोपीय संघ (ईयू) के सदस्य हैं, विशेष रूप से जर्मनी, फ्रांस, नीदरलैंड और यूनाइटेड किंगडम। इन देशों के अलावा चीन और भारत

भी यूरोपीय संघ से बाहर बेल्जियम के व्यापारिक भागीदार हैं।

पर्यटन क्षेत्र के विकास के कारण पश्चिमी फ्रलैंडर्स और अर्देनस में अंतरराष्ट्रीय व्यापार और सेवा क्षेत्र बीसवीं शताब्दी के उत्तरार्ध में काफी बढ़ गया है। बेल्जियम के उत्तरी क्षेत्र, फ्रलैंडर्स ने विशेष रूप से सेवा उद्योगों के विकास के कारण आर्थिक उछाल का भरपूर लाभ उठाया। बेल्जियम की श्रमशक्ति का भारी बहुमत वर्तमान समय में निजी और सार्वजनिक सेवाओं में कार्यरत है।

विनिर्माण और निर्माण उद्यम यहाँ सेवा उद्योगों के बाद सबसे बड़े नियोक्ता हैं। कृषि एवं खनन के क्षेत्रांतर्गत केवल कुछ ही प्रतिशत श्रम शक्ति कार्यरत हैं। बेल्जियम के लगभग आधे श्रमिक श्रमिक-संघों से उपलब्ध हो जाते हैं। बेल्जियम सरकार आय के साथ-साथ वस्तुओं और सेवाओं पर कर लगाती है। इन करों से सामाजिक सुरक्षा योगदान के साथ राष्ट्रीय राजस्व का थोक प्रदान किया जाता है।

परिवहन और दूरसंचार की बात करें तो बेल्जियम की मुख्य सड़क प्रणाली बहुत व्यापक है, यह आधुनिक एक्सप्रेस वे से जुड़ी है। जो एक शहर से दूसरे शहर तक विस्तारित है। ऐसे एक्सप्रेस वे भी हैं, जो ब्रुसेल्स को मॉन्स और चार्लारोई के माध्यम से पेरिस तक से जोड़ते हैं। यहाँ रेलवे नेटवर्क भी काफी विस्तारित है, जो दुनिया के विशालतम रेलमार्ग वाले देशों में से एक है; हालाँकि सबसे भारी यतायात ब्रुसेल्स और एंटवर्प के दो प्रमुख स्थानों के बीच ही होता है।

एंटवर्प देश के व्यापार को जिब्रूज-ब्रूज (Zeebrugge&Brugge), ओस्टेंड (Ostand), गेंट (ghent) और ब्रुसेल्स (Brussels), जैसे अन्य महत्त्वपूर्ण बंदरगाहों के माध्यम से यातायात सुविधा मुहैया कराती है। ब्रुसेल्स अंतरराष्ट्रीय हवाई अड्डा बेल्जियम के हवाई यातायात का प्रमुख केंद्र है। बेल्जियम का दूरसंचार नेटवर्क तकनीकी रूप से

उन्नत और विकसित है, जिसमें कई कंपनियाँ पारंपरिक टेलीफोन, सेलुलर टेलीफोन, केबल और अन्य दूरसंचार सेवाएँ प्रदान करती है। अन्य पश्चिमी यूरोपीय देशों की तरह ही बेल्जियम में सेलुलर टेलीफोन और इंटरनेट का उपयोग किया जाता है; हालाँकि बेल्जियम में उनके निकटवर्ती पड़ोसियों की तुलना में लोगों के पास कम व्यक्तिगत कंप्यूटर उपलब्ध हैं।

□

7

बेल्जियम की समृद्ध ऐतिहासिक विरासत

बेल्जियम की अपनी एक लंबी और समृद्ध ऐतिहासिक विरासत और संस्कृति है, जिसे चित्रों, संगीत, साहित्य, नक्शानवीसी और वास्तुकला को अद्भुत रूप में चित्रित किया गया है। बेल्जियम के चित्रकारों में कुछ प्रसिद्ध नाम पीटर ब्रुगेल, जान वैनआईक, हंस मेमलिंग, डिएरिकबाउट्स, पीटरपॉलरूबेन्स, रेनै मैग्रेट और पॉल डेलक्स शामिल हैं। देश के संगीत इतिहास के कुछ जाने-माने नाम जेस्किन डेसप्रेज, आरलेडो डीलास्सो, पीटर बेनाइट और सेसर फ्रेंक हैं। साहित्य, पेंटिंग्स और संगीत के अलावा अन्य नाम भी हैं, जैसे मौरिसमैटरलिन और मिशेल डीघेरालोडे का नाट्य क्षेत्र में अविस्मरणीय योगदान है और उपन्यासों के लिए जॉर्जेस सिमेनन तथा मार्गुराइट योरसेनर विश्वप्रसिद्ध हैं।

सांस्कृतिक अंतर को बेल्जियम की संघीय संरचना द्वारा प्रोत्साहित किया जाता है, यह अंतर फ्रलैंडर्स, वालोनिया और छोटे जर्मन-भाषी अल्पसंख्यकों के बीच है, जो औपचारिक तौर पर सशक्त समुदायों के रूप में संस्थागत हैं। यह देखने के लिए कि क्षेत्रीय संस्कृतियाँ अपनी विशिष्टता नहीं खोती हैं। इसके साथ ही वे समुदाय कला को संरक्षण देने, भाषा को बढ़ावा देने और शिक्षा के माध्यम से पहल

करने को प्राथामिकता देते हैं। कुछ क्षेत्र दूसरों की तुलना में सांस्कृतिक विशेषताओं से अधिक दृढ़ता से जुड़े हुए हैं, जैसे कि फ्रलैंडर्स को विशेष रूप से इसकी दृश्य कला और कला के विभिन्न स्कूलों एवं कॉलेजों की उत्कृष्टता के लिए जाना जाता है।

औद्योगिक क्रांति का चित्रण

खान-पान की बात करें तो बेल्जियम में विश्व स्तरीय रेस्तराँ हैं, जो देश के स्वादिष्ट व्यंजनों की लोक-परंपराओं को बहुत अच्छी तरह से व्यक्त करते हैं। फ्रेंचफ्राइज के साथ-साथ एक लोकप्रिय स्नैक्स के रूप में वफल को परोसा जाता है। बेल्जियम में विविध भोजन प्रकार के खाद्य पदार्थ मिलते हैं। बेल्जियम की चॉकलेट विश्वप्रसिद्ध है। यहाँ की मुख्य खाद्य निर्यात में से एक चॉकलेट भी है, जिसे अधिकांश यूरोपीय संघ के अन्य देशों में निर्यात किया जाता है।

बेल्जियम में बीयर एक राष्ट्रीय पेय है, देश में शराब की सैकड़ों इकाइयाँ और अनगिनत कैफे हैं, जहाँ हर कोई स्थानीय भट्ठी से अपने

मन पसंद पेय पदार्थों का सेवन कर सकता है। देश के भीतर बीयर पीना यहाँ की दैनिक दिनचर्या और राष्ट्रीय प्राथमिकता का अभिन्न हिस्सा है। एक विशेष प्रकार के बियर को परोसने के लिए, विशेष प्रकार का गिलास प्रयोग में लाया जाता है, जो बेल्जियम की संस्कृति की अनोखी झलक को प्रदर्शित करता है। शादियों एवं विभिन्न समारोहों के अवसर पर विशेष शराब बनाना भी आम है, यह उस परंपरा का हिस्सा है, जो 1900 के दशक की शुरुआत में उभरा, जब लगभग हर गाँव में शराब की छोटी फैक्टरी हुआ करती थी।

कला का जहाँ तक सवाल है, बेल्जियम की समृद्ध विरासत में इसका काफी महत्त्व है। देश भर में फ्रलेमिश मास्टर्स की पेंटिंग प्रदर्शित हैं, ब्रुसेल्स सिटीस्केप (Cityscape) आर्ट नोव्यू में बेल्जियम के योगदान की गवाही देता है और कई इनडोर और आउडडोर संग्रहालयों के माध्यम से लोक-संस्कृति को यहाँ जीवित रखा गया है। बेल्जियम अपने अद्भुत आर्किटेक्चर के माध्यम से यूनेस्को की विश्व विरासत सूची में सम्मिलित है। फ्रलैंडर्स में निर्मित साहित्यिक कृतियों की एक अद्भुत शैली है, जो वाल्लून क्षेत्र और ब्रुसेल्स में अवस्थित है।

बेल्जियम में कॉमिकस्ट्रिप्स कला का एक गंभीर और सम्मानित रूप है, जो बेल्जियम की आधुनिक सांस्कृतिक विरासत का हिस्सा बन गया है। टिनटिन का विश्वप्रसिद्ध कार्टून चरित्र हेरगे द्वारा बनाया गया था और एक कॉमिकस्ट्रिप में चित्रित किया गया, जिसे पहली बार 1929 में प्रदर्शित किया गया था। इसके साथ ही द स्मूरफ्रस 1958 में पेओ द्वारा बनाया गया था, जो एक विश्वप्रसिद्ध टी.वी. धारावाहिक शृंखला में बदल गया था। कई पर्यटक ब्रुसेल्स से आकर्षित होते हैं, क्योंकि यह एक बड़े कॉमिक-स्ट्रिप संग्रहालय का घर है।

बेल्जियम की कला विरासत को ब्रुसेल्स, गेंट, ब्रुग, एंटवर्प,

चारलेरॉय और लीज के प्रमुख संग्रहालयों में दरशाया गया है। हैसेल्ट के पास एक बड़ा आउटडोर संग्रहालय है, जहाँ पारंपरिक कला और वास्तुकला संरक्षित है। तरवरेन (Tervuren), ब्रुसेल्स का एक उपनगर है, जहाँ मध्य अफ्रीकी कला का सबसे व्यापक संग्रह देखने को मिलता है। ब्रुसेल्स में विश्व प्रसिद्ध नेशनल ऑर्केस्ट्रा, नेशनल ओपेरा और म्यूजियम ऑफ म्यूजिक इंस्ट्रूमेंटस का एक अच्छा-खासा संग्रह है। वाटरलू, इप्रेस (Ypres) और बैस्टोन के युद्ध स्मारकों का दौरा करने के लिए बहुत सारे पर्यटकों और इतिहासकारों को बेल्जियम विशेष रूप से अपनी ओर आकर्षित करता है।

खेल की बात करें तो कई अन्य यूरोपीय देशों की तरह बेल्जियम को भी फुटबॉल पसंद है, इस खेल की महत्ता को देखते हुए सरकार द्वारा हजारों टीमों और क्लबों को 'रॉयल बेल्जियम फुटबॉल ऐसोसिएशन' द्वारा संचालित किया जाता है। रेडडेविल्स देश की राष्ट्रीय टीम है, जो लंबे समय से अंतरराष्ट्रीय प्रतियोगिताओं में एक शक्ति के रूप में उभरा है। फुटबॉल के पश्चात् साइकलिंग दूसरा लोकप्रिय खेल है, यहाँ कई साइकिल चलानेवाले उत्साही युवा वर्ग भी हैं, जो एड्डीमर्कक्स के उदाहरण से प्रेरित हैं, जिन्होंने 1960 से 1970 के दशक के दौरान अंतरराष्ट्रीय साइकिल चालन पर अपना दबदबा बनाया था। बेल्जियम ने टूरडीफ्रांस और गिरोडइटालिया को हराकर लगातार पाँच बार स्वर्ण पदक जीता। इस देश ने कई ओलिंपिक विजेताओं को जन्म दिया है, जिसमें ह्यूबर्ट वैन इनिस शामिल हैं, जिन्होंने 1920 के खेलों में तीरदांजी स्पर्धाओं में छह पदक जीते। उल्लावबोंरॉक और रॉबर्ट वैन डेरवाल्ले, जिन्होंने बींसवी शताब्दी में महिला व पुरुष वर्ग के जूडो प्रतियोगिता पर अपना वर्चस्व कायम किया।

यहाँ के मीडिया प्रकाशन की बात करें तो बेल्जियम में सबसे

प्रभावशाली और व्यापक रूप से पढ़े जानेवाले समाचार-पत्र हैं, ले सोइर, डीस्टानार्ड और हेटलाएस्टीन्यूएयर। बेल्जियम में प्रकाशित होनेवाले कई दैनिक समाचार-पत्रों को प्रेस संघों द्वारा नियंत्रित किया जाता है। ग्रेनेज-इको एक दैनिक जर्मन पत्र है, जो यूपेन से प्रकाशित होता है। अधिकांश समाचार-पत्रों में किसी-न-किसी प्रकार की राजनीतिक संबद्धता पाई जाती है, लेकिन यहाँ निष्पक्ष समाजवादी प्रेस भी हैं। बेल्जियम के स्वयं की कई पत्रिकाएँ हैं। अच्छी बात यह है कि यहाँ का मीडिया वे मजबूत विदेशी प्रतिस्पर्धाओं का सामना कर रहे हैं। रेडियो प्रसारण का जन्मस्थल होने के कारण लेनन रॉयल पार्क से 1913 की शुरुआत में साप्ताहिक संगीत प्रसारण किया गया था। 1923 से 1926 तक रेडियो को ऑडियो या बोलनेवाले समाचार-पत्र के रूप में जाना जाता था। फ्रलेमिश रेडियो एंड टेलीविजन नेटवर्क (वी. आर.डी., पूर्व में बेल्जियम रेडियो और टेलीविजन, बी.आर.टी.एन.), सार्वजनिक सेवाओं के रूप में बनाए गए थे और दोनों स्वायत्त हैं और एक प्रशासनिक परिषद् द्वारा प्रबंधित है।

□

8

भारत-बेल्जियम संबंध

1947 में भारत के स्वतंत्र होने के बाद बेल्जियम यूरोपीय देशों में से एक है, जिसने सितंबर 1947 में ही देश के साथ राजनयिक संबंध स्थापित कर लिये थे। दोनों देशों के बीच द्विपक्षीय संबंध मैत्रीपूर्ण हैं, क्योंकि दो परिपक्व लोकतंत्रों ने संघवाद, बहुलवाद और कानून का शासन किया। भारत यूरोपीय संघ के बाहर बेल्जियम के लिए दूसरा सबसे बड़ा निर्यात गंतव्य और चौथा सबसे बड़ा व्यापारिक भागीदार है। बेल्जियम द्वारा संयुक्त राष्ट्र सुरक्षा परिषद् में भारत की स्थायी सदस्यता का बार-बार समर्थन किया जाता रहा है। साथ ही देश ने चार बहुपक्षीय निर्यात नियंत्रण व्यवस्था का सदस्य बनने के लिए भारत की आकांक्षाओं का भी स्वागत किया है। जर्मनी के बाद बेल्जियम भारत का दूसरा सबसे बड़ा व्यापारिक भागीदार है। लगभग 80 प्रतिशत द्विपक्षीय व्यापार हीरे के आदान-प्रदान से होता है। बेल्जियम में एंटवर्प आज दुनिया का सबसे बड़ा हीरा व्यापार केंद्र है, जिसमें सालाना 54 बिलियन डॉलर से अधिक का कारोबार होता है और दुनिया के 84 प्रतिशत से अधिक मोटे हीरे एंटवर्प से होकर ही गुजरते हैं। एंटवर्प में इस हीरे के व्यापार का एक बड़ा हिस्सा भारतीय व्यापारियों के स्वामित्व में है।

जहाँ तक राष्ट्रीय राजनीतिक दौरों की बात करें तो बेल्जियम के प्रधानमंत्री श्री चार्ल्समिशेल के निमंत्रण पर भारतीय प्रधानमंत्री श्री नरेंद्र

मोदी ने 30 मार्च, 2016 को बेल्जियम की आधिकारिक यात्रा की। यात्रा से ऐन पहले बेल्जियम में एक बड़ा आतंकवादी हमला हुआ था। इस यात्रा के दौरान दोनों नेताओं ने हमले की कड़ी निंदा करते हुए सभी देशों को अपने-अपने देश से आतंकवाद के उन्मूलन को प्रभावी ढंग से निपटने की आवश्यकता बताई। इस यात्रा के बाद जैव प्रौद्योगिकी में द्विपक्षीय सहयोग के लिए कई समझौते भी हुए। इससे पूर्व 2 से 5 अक्तूबर, 2013 को तत्कालीन भारतीय राष्ट्रपति श्री प्रणब मुखर्जी ने भी बेल्जियम की राजकीय यात्रा की और बेल्जियम के राजा के साथ संयुक्त रूप से प्रतिष्ठित यूरालिया-भारत सांस्कृतिक महोत्सव का उद्घाटन किया। यात्रा के दौरान बेल्जियम और भारतीय विश्वविद्यालयों के बीच पाँच समझौता ज्ञापनों पर हस्ताक्षर किए गए।

यही नहीं 2010 में 9 से 11 दिसंबर के बीच तत्कालीन प्रधानमंत्री डॉ. मनमोहन सिंह ने बेल्जियम की अधिकारिक यात्रा की। उसी वर्ष उसे 5 अक्तूबर तक उपराष्ट्रपति श्री एम. हामिद अंसारी ने ब्रुसेल्स का दौरा किया और ASEM-8 शिखर सम्मेलन में भारतीय प्रतिनिधिमंडल का नेतृत्व भी किया। आर्थिक और वाणिज्यिक मुद्दों पर चर्चा करने के लिए 'बेल्जियम-लक्जमबर्ग आर्थिक संघ' एवं 'भारत-बीएलईयूजेसीएम' के साथ संयुक्त आयोग गठित है, जिसे 1997 में स्थापित किया गया था। द्विवार्षिक जे.सी.एम. को वैकल्पिक रूप से तीन देशों में आयोजित किया जाता है। इसके बाद भारत और BLEU (बेल्जियम-लक्समबर्ग आर्थिक संघ) के बीच संयुक्त आर्थिक आयोग (JCM) की चौदहवीं बैठक 28 से 29 सितंबर, 2015 को नई दिल्ली में संपन्न हुई।

भारत में लगभग 160 बेल्जियम कंपनियाँ हैं, इसके साथ ही कई भारतीय कंपनियाँ भी बेल्जियम में निवेश कर रही हैं। भारतीय कंपनियाँ, जैसे टी.सी.एस., इन्फोसिस, टेक-महिंद्रा और एच.सी.एल. (जो विशेष

रूप से सूचना प्रौद्योगिकी (आई.टी.) और सॉफ्रटवेयर क्षेत्र से संबंधित हैं), ने बेल्जियम के साथ-साथ यूरोपीय बाजार को भी अधिकृत करने के लिए अपना आधार स्थापित किया है। भारत ने समुद्री भोजन निर्यात को बढ़ावा देने के लिए दुनिया के सबसे बड़े समुद्री खाद्य व्यापार 'सीफूडएक्सपो' में भाग लिया। यह आयोजन प्रतिवर्ष अप्रैल माह के तीसरे सप्ताह को बेल्जियम में बड़े स्तर पर आयोजित किया जाता है।

यूरोपीय स्थापत्य कला का बेजोड़ नमूना

भारत और बेल्जियम के बीच 1973 में सांस्कृतिक समझौता हुआ। भारत 4 अक्तूबर, 2013 से 26 जनवरी, 2014 तक आयोजित प्रतिष्ठित 'यूरालिया-इंडिया कल्चरल फेस्टिवल' के लिए भागीदार देश था। तब भारत के पूर्व राष्ट्रपति माननीय प्रणब मुखर्जी और बेल्जियम के राजा ने संयुक्त रूप से इस महोत्सव का उद्घाटन किया। भारतीय

कला और पुरावशेषों, संगीत और नृत्य प्रदर्शन, सिनेमा, रंगमंच, साहित्य और भोजन के साथ-साथ लगभग 300 कार्यक्रम उत्सव में शामिल थे, जिसे पूरे बेल्जियम में लगभग 200 भागीदार स्थानों द्वारा आयोजित किया गया था।

भारत-बेल्जियम विज्ञान और प्रौद्योगिकी में भी सहयोग कर रहे हैं। नवंबर 2006 में बेल्जियम के पीएम की भारत यात्रा के दौरान मेमोरेंडम ऑफ अंडरस्टैंडिंग (एम.ओ.यू.) पर हस्ताक्षर किए गए। समझौते के आधार पर विज्ञान और प्रौद्योगिकी पर एक संयुक्त समिति स्थापित की गई है। इस संयुक्त समिति की अंतिम बैठक 29 सितंबर, 2015 को नई दिल्ली में आयोजित की गई थी। प्रधानमंत्री मोदी ने 30 मार्च, 2016 को बेल्जियम की अपनी आधिकारिक यात्रा के दौरान प्रधानमंत्री चार्ल्स मिशेल के साथ संयुक्त रूप से उत्तराखंड के देवस्थल में स्थित 3-6 मेट्रेप्टिकल टेलीस्कोप की रिमोट तकनीकी की सक्रियता को अंजाम दिया। दोनों देशों के वैज्ञानिकों के बीच घनिष्ठ सहयोग के परिणामस्वरूप भारत में आर्यभट्ट रिसर्च इंस्टीट्यूट ऑफ ऑब्जर्वेशनलसाइंसेज (ARIES) की टीमों और बेल्जियम में AMOS (एडवांस्ड मैकेनिकल एंड ऑप्टिकल सिस्टम) के बीच दूरबीनों को स्थापित किया गया है।

बेल्जियम के साथ विश्वविद्यालय शोध सहयोग पर भी सहमति हुई है। बेल्जियम में यूरोप के कुछ सबसे पुराने और प्रसिद्ध विश्वविद्यालय हैं। यूरोप में अध्ययन करने के इच्छुक भारतीय छात्रों में भी ये विश्वविद्यालय काफी प्रसिद्ध हैं। 2013 में भारतीय राष्ट्रपति प्रणब मुखर्जी की राज्य यात्रा के दौरान पाँच समझौता ज्ञापन (एम.ओ.यू.) पर हस्ताक्षर किए गए। इनमें जे.एन.यू. और यूनिवर्सिटी ऑफ गेंट, दिल्ली यूनिवर्सिटी और यूनिवर्सिटी ऑफ गेंट, दिल्ली यूनिवर्सिटी और ग्रुप टी-इंजीनियरिंग एकेडमी ऑफ द यूनिवर्सिटी ऑफ ल्यूवेन, बेल्जियम के अलावा

दिल्ली यूनिवर्सिटी और फ्री यूनिवर्सिटी ऑफ ब्रुसेल्स (यू.एल.बी.) तथा यूनिवर्सिटी ऑफ हैदराबाद और यूनिवर्सिटी ऑफ घेंट शामिल हैं। वर्तमा़न में लगभग 800 भारतीय छात्र बेल्जियम के शैक्षणिक संस्थानों में विभिन्न पाठ्यक्रमों का अध्ययन व शिक्षण कर रहे हैं, जिनमें यूनिवर्सिटी ऑफ गेंट, ल्यूवेन एंटवर्प और ब्रुसेल्स शामिल हैं।

ब्रुसेल्स में भारतीय दूतावास के अनुसार, काथोलिक विश्वविद्यालय ऑफ लेउवेन (KUL) में लगभग 400 से 600 छात्र पंजीकृत हैं। भारतीय छात्र चीन के बाद काथोलिक विश्वविद्यालय ऑफ लेउवेन में गैर-यूरोपीय छात्रों की दूसरी सबसे बड़ी संख्या हैं। अधिकांश छात्र इंजीनियरिंग, चिकित्सा और अर्थशास्त्र के क्षेत्र में अपनी स्नातकोत्तर की पढ़ाई को पूरा कर रहे हैं। काथोलिक विश्वविद्यालय ऑफ लेउवेन में इंडिया हाउस लॉवेन है, जो भारतीय छात्रों को स्थानीय लोगों से जुड़ने में मदद करता है। इंडियन स्टूडेंट एसोसिएशन ऑफलाइवेन (ISAL) भी है, जो 1973 में स्थापित किया गया था और यह KUL में सबसे बड़े गैर-लाभकारी और सांस्कृतिक संगठन के रूप से विविध संघों में से एक है। भारतीय छात्रों के लिए यह संघ सांस्कृतिक और मनोरंजक गतिविधियों का योजनाबद्ध आयोजन करता है, ताकि उन्हें घर पर ही सांस्कृतिक एंव सामाजिक सरोकारों से जोड़ा जा सके।

प्रथम विश्वयुद्ध के दौरान भारतीय सैनिकों के सर्वोच्च बलिदान की स्मृति भी यहाँ सँजोई गई है। प्रथम विश्वयुद्ध के दौरान लगभग 9,000 से अधिक भारतीय सैनिकों ने फ्रलैंडर्सफील्ड्स और बेल्जियम में अपना सर्वोच्च बलिदान किया था। इपियर में मेनिनगेट के साथ एक भारतीय स्मारक स्तंभ को पुनः स्थापित किया गया था, जहाँ 12 मार्च को भारतीय सैनिकों के अविस्मरणीय योगदान को याद करने के लिए 'वार्षिक शस्त्रगार दिवस' के रूप में समारोह आयोजित किया जाता है। इसके

अलावा 2014–2018 में आयोजित होने वाले 'प्रथम विश्वयुद्ध शताब्दी' कार्यक्रमों में भाग लेने के लिए भारत को बेल्जियम द्वारा विशेष रूप से आमंत्रित किया गया था। शताब्दी समारोह के लिए बेल्जियम सरकार ने दो अंतरराष्ट्रीय कार्यक्रम आयोजित किए। भारत का प्रतिनिधित्व जनरल (सेवानिवृत्त) विजय कुमार सिंह ने किया था। स्थानीय सरकार के अनुमान के अनुसार बेल्जियम में भारतीय मूल के लोगों की संख्या लगभग 18,000 से अधिक है। इसमें से 10,000 भारतीय नागरिक हैं। इस जनसांख्यिकी में बेल्जियम की विभिन्न कंपनियों और उच्च शिक्षा के क्षेत्र में काम करनेवाले भारतीय पेशेवरों को समावेश है।

बेल्जियम भारत का प्रमुख साझीदार बनकर उभरा है। हमारी मित्रता में बड़ी संभावनाएँ हैं। 20–22 जून, 2018 को भारत की तत्कालीन विदेश मंत्री सुषमा स्वराज बेल्जियम गईं और उसी वर्ष अक्तूबर को एशिया–यूरोप बैठक में 18–19 को भारत का प्रतिनिधित्व उपराष्ट्रपति श्री वैकेंया नायडू ने किया। यह प्रसन्नता का विषय है कि डॉ. एस. जयशंकर 29 अगस्त, 2019 को वहाँ के विदेश मंत्री से मिले और 17 फरवरी, 2020 को यूरोपियन यूनियन विदेश मंत्रालय काउंसिल की बैठक के दौरान दोबारा अपने समकक्ष से मिले। थोड़े समय में इतनी उच्च स्तरीय यात्राओं से निश्चित रूप से दोनों देशों के मध्य 'पीपल–टू–पीपल' संपर्क बढ़ेगा। बदलते वैश्विक परिवेश में, विशेषकर कोविड के बढ़ते संक्रमण एवं आतंकवाद की चुनौती को देखते हुए भारत बेल्जियम एक–दूसरे के प्राकृतिक सहयोगी के रूप में उभरकर सामने आए हैं। अच्छी बात यह है कि दोनों देशों के लोग और नेतृत्व भारत बेल्जियम मित्रता की असीम संभावनाओं से परिचित हैं और इसे अगले स्तर पर ले जाने हेतु कृतसंकल्पित हैं।

□

9

बेल्जियम में पर्यटन

बेल्जियम भले ही यूरोपीय देशों में से एक छोटा देश है, मगर यह अपनी नैसर्गिक सुंदरता अपनी समृद्ध परंपराओं और अद्भुत स्थापत्य कला के लिए विश्वप्रसिद्ध है। यहाँ कई पर्यटक स्थल हैं। ये पर्यटन स्थल यहाँ के समृद्ध इतिहास से भी जुड़े हैं। इनमें से कुछ यूनेस्को की वैश्विक धरोहर सूची में भी सम्मिलित हैं। बेल्जियम में पर्यटकों के लिए बहुत कुछ है, चाहे वह सप्ताहांत के अवकाश पर आते हैं या फिर लंबी यात्रा के लिए आते हों। इस छोटे से यूरोपीय देश में प्रकृति ने सभी के लिए कुछ-न-कुछ जरूर रखा हुआ है। दक्षिण में अर्देनेस प्रकृति के प्रति प्रेम रखनेवालों के लिए विकास और नवीकरण के लिए महत्त्वपूर्ण स्थल है। अर्देनेस खेल और शारीरिक गतिविधियों के लिए भी शानदार स्थान है। यह उत्तरी सागर के किनारे बसा हुआ है, जो एक अच्छे समुद्र तट का अनुभव प्रदान करता है। कला के पुराने और नव दृष्टिकोण का आधुनिक शहर अर्देनेस दुनिया भर के लोगों को वैसे ही आकर्षित करता है, जैसे कि बेल्जियम का भोजन। बेल्जियम अपने विशेष पनीर (चीज), बीयर, चॉकलेट, बोऩबोन और फ्राइज के लिए हर खाद्यप्रेमी की पसंदीदा सूची में शामिल है। देश में प्रदर्शनों, संगीत समारोहों, थिएटर, नृत्य आदि के साथ जीवंत संस्कृति की झलक दिखाई देती है, जो पर्यटकों को विशेष रूप से अपनी ओर आकर्षित करती है।

बेल्जियम का तट देश के उत्तर-पश्चिम भाग की ओर स्थित है, जो 65 किलोमीटर के समुद्री तट के साथ उत्तरी सागर से लगी हुई है। समुद्र तट के इस लंबे खंड में कई पर्यटन स्थल हैं। प्रत्येक पर्यटन स्थल में कुछ अनोखेपन, बच्चों के खेलने के लिए रेतीले तट आदि हैं। यह स्थान सूर्य स्नान के शौकीन लोगों के लिए भी अनुकूल है। यहाँ किसी भी दक्षिणी यूरोपीय शहर की तुलना में स्वस्थ तन व मन प्राप्त करना आयोडिन और हवा में मौजूद नमक के कणों के कारण ही संभव हो पाया है। कई खेल संबंधी और मनोरंजक गतिविधियाँ हैं, जो यहाँ की जा सकती हैं, जैसे कि सर्फिंग साइकिल चलाना, नौकायान, ट्रेकिंग वोटिंग मछली पकड़ना आदि। विस्तृत समुद्र तट के कारण बॉल गेम, घुड़सवारी और समुद्र तट पर सर्फिंग के विकल्प भी मौजूद हैं। ग्रीष्मकाल के दौरान कई हॉटस्पॉट के अतिरिक्त अन्य मौसम के दौरान बेल्जियम तट का अपना आकर्षण है, यह कुछ ताजा समुद्री भोजन को पकड़ने और समुद्र तट पर सुंदर व शांत रात में आकाश का आनंद लेने के लिए भी एक शानदार जगह है।

अर्देनेस बेल्जियम के दक्षिणी-पूर्व भाग में वाल्लून के क्षेत्र में स्थित है। ये प्रकृति के उन क्षेत्रों में से एक है, जो न सिर्फ पुराने हैं, बल्कि वनस्पतियों और जीवों से भी समृद्ध हैं। आर्डनेंस में पर्णपाती वन हैं, जो एक विशाल क्षेत्र, पहाड़ियों और तेजी से बहनेवाली नदियों से लगे हैं। पर्यटकों को घाटियों में घूमने के लिए कई सुरम्य गाँव हैं, जहाँ अभी भी तमाम परंपराएँ और पौराणिक लोकगाथाएँ देखने-सुनने को मिलती हैं। इन गाँवों में क्षेत्र से संबंधित कला और शिल्प का भी लुत्फ उठाया जा सकता है। शारीरिक गतिविधियाँ बसंत के दौरान अधिक देखने को मिलती हैं। जब पैदल चलने, साइकिल चलाने, कैनोइंग और मछली पकड़ने का मौसम आता है। अन्य खेलों जैसे घुड़सवारी, चढ़ाई

और माउंटेनबाइकिंग भी आर्डिनेंस में प्रसिद्ध हैं।

सर्दियों के मौसम में यह क्षेत्र उन लोगों के लिए स्वर्ग की तरह बन जाता है, जो डाउनहिल और क्रॉस कंट्री स्कींइग या स्नो स्कूटर राइडिंग जैसे खेलों में रुचि रखते हैं। आर्डिनेंस के पास कुछ गुफाएँ भी हैं, जो इतिहासकारों एवं पर्यटकों के आकर्षण की केंद्र हैं। हरे-भरे जंगल के बीच में महल, किले और सीताद जैसे अर्देन के कुछ हिस्से हैं, जो बेल्जियम के समृद्ध अतीत की याद दिलाते हैं। ये स्मारक, जो इस क्षेत्र के गौरवशाली इतिहास को प्रदर्शित करते हैं, विशेष घटनाओं और प्रदर्शनियों के दौरान जीवंत हो जाते हैं।

रॉयल ग्रीन हाउस

बेल्जियम के इतिहास से प्रभावित कई खूबसूरत शहर हैं। इनमें से कई शहर, जैसे—बुर्ग, ब्रुसेल्स, एंटवर्प, बर्जन, लीज, गेंट और कुछ अन्य को उनकी खूबसूरत इमारतों, संग्रहालयों, त्योहारों आदि के लिए 'सिटी ऑफ आर्ट' के नाम से भी जाना जाता है। कोई फर्क नहीं पड़ता

है कि कोई इतिहास प्रेमी है या नहीं। इन शहरों की वास्तुकला लोगों को अपनी परंपराओं, संस्कृति, कला और भोजन के माध्यम से ही अपनी ओर आकर्षित करती है। बेल्जियम के सभी शहरों में वास्तव में अच्छे आवास हैं, जो पर्यटकों के अनुकूल हैं। संग्रहालय या स्मारक के लिए एक ग्लासवाइन या बेल्जियम बीयर के साथ स्वादिष्ट भोजन के बाद यात्रा करना आवश्यक है। जिन शहरों में जाना चाहिए, उनमें से कुछ निम्नलिखित हैं—

ब्रूज

ब्रूज शहर बेल्जियम के उत्तर-पूर्वी भाग में स्थित है। मार्च से अक्तूबर तक की अवधि में यह व्यापारिक शहर बड़ी संख्या में पर्यटकों को आमंत्रित करता है। यहाँ तक कि सबसे ठंडे महीनों में भी यह शहर पर्यटकों को अपनी ओर आकर्षित करता है। बर्जेस को 'नॉर्थ के वेनिस' के रूप में भी जाना जाता है। नाव की सवारी, रोमांटिकसाइट, मिशेलिनस्टार रेस्तराँ जैसी अनेक सुविधाएँ उपलब्ध हैं, जो आगंतुकों को आकर्षित करने के लिए काफी हैं। सिटी आई.डी. अपने सुरम्य पार्क और माइनमेयर (प्यार की झील) के रूप में प्रेमी जोड़ों द्वारा काफी पंसद किया जाता है। वहाँ सीमित खर्च में बैकपेपर और यात्रियों के लिए हॉस्टिल उपलब्ध हो जाते हैं, व्यक्ति बिना किसी फिजूलखर्च के शहर के इतिहास और नाइट लाइफ का लुत्फ उठा सकता है।

रीज नदी के किनारे बसा ब्रूज शहर जैसे-जैसे विकसित हुआ, वैसे-वैसे जलमार्गों की एक लंबी शृंखला भी विकसित होती गई, जो ज्वीन (Zwin) मुहाना और उत्तरी सागर को जोड़ते हैं। ये नहरें आज बर्ग के खूबसूरत इतिहास और आकर्षक गतिविधियों पर केंद्रित हैं। बेल्जियम की सबसे सुंदर जगह हैं—मध्ययंगीन घंटाघर, चर्च, बेजोड़ स्थापत्य कला के भवन 'मार्केट हॉल' के नाम से जाना जाता है। जिसे अद्‌भुत

रूप से संरक्षित किया गया है। Belfry, Rose Hat Quai की नजदीकी नजारों से लेकर क्लासिक बोट की सवारी तक, ब्रूज में हर किसी के लिए कुछ–न–कुछ है। कई प्रतिभाशाली कलाकारों द्वारा बड़ी संख्या में कला का प्रदर्शन किया जाता है। कला प्रेमी 'फ्रलेमिशप्रिमिटिव्स' और अन्य कार्यों के बारे में अधिक गहराई से जानने के लिए शहर का दौरा करते हैं।

ब्रुसेल्स

अब बात ब्रुसेल्स की। यह बेल्जियम की राजधानी है, साथ ही यूरोपीय संघ और नाटो का मुख्यालय भी। यह जीवंत शहर ग्रैंडप्लेस, पेइंगमूर्तियों, आर्ट नोव्यू, जैसे कई आकर्षक कलाकृतियों के लिए भी जाना जाता है। रॉयल म्यूजियम ऑफ फाइन आर्ट और इसके पड़ोसी मैग्रेट संग्रहालय, जो रूबेंस, ब्रुगलैंड अन्य फ्रलेमिश कलाकारों के आनंद ले सकते हैं। टिनटिन से द स्मफ्रर्स तक यह आश्चर्यजनक है कि ब्रुसेल्स में कितने कार्टून बनाए गए थे और शहर दरशाता है कि इसकी सड़कों और ईमारतों के माध्यम से कार्टून से कवर किया गया है। दिग्गज हारमोनिका खिलाड़ी टॉट्सथिएलेमैन का जन्मस्थान, यह वास्तव में आश्चर्य की बात नहीं है कि जैज (Jaaz) इस शहर में बहुत अधिक प्रिय है।

ब्रुसेल्स एक ऐसा स्थान है, जहाँ कई कलाकार हैंगआउट करते हैं, इनमें अंतरराष्ट्रीय कलाकारों के लिए 'pied-a-terre' के रूप में काम किया है, इसमें लैंडस्केप पार्क और कुत्ते के चित्र की विचित्र मूर्तियाँ हैं। अपनी भव्य वास्तुकला और कलात्मक शैलियों के लिए ला ग्रैंड–प्लेस को यूनेस्को की विश्व विरासत स्थल नामित किया गया था। ग्रैंडप्लेस चौदहवीं शताब्दी से सत्रहवीं शताब्दी तक की खूबसूरत गिल्डहॉल और अन्य इमारतों से घिरा हुआ है। वर्ष भर यह चौक पर्यटकों और

स्थानीय लोगों से भरा रहता है, लेकिन अगस्त में हर वैकल्पिक वर्ष में केंद्र 75×24 मीटर फूलों के कालीन से बना होता है, जो 7,00,000 से अधिक बेगोनिआ फूलों से बना होता है। यह कहना अतिशयोक्ति नहीं कि बेल्जियम की राजधानी सुंदर और विचित्र है।

मान्स

बेल्जियम का एक और खूबसूरत शहर है, मॉन्स यह वालोनिया क्षेत्र में देश के दक्षिणी-पूर्वी भाग में स्थित है। यह पर्यटकों के बीच अपनी प्रसिद्धि नहीं बना पाया, भले ही यह समृद्ध इतिहास वाला एक प्यारा शहर रहा हो। मॉन्स पारंपरिक त्योहारों एवं सांस्कृतिक धरोहरों वाला शहर है। मॉन्स को बेल्जियम के 'सिलिकॉन वैली' के नाम से भी जाना जाता है। इसमें द ग्रैंडपैलेस ऑफ मॉन्स जैसा खजाना है, जिसे यूरोप के देशों में काफी अमूल्य माना जाता है। इसी तरह 'बेफ्राइ', जिसे विक्टर ह्यूगो ने 'बदसूरत लेकिन प्रभावशाली' के रूप में परिभाषित किया था। सेंट वैदुरकॉलेजिएट चर्च शहर का एक और अद्भुत रत्न है, जिसे पुराने समय में यूरोप के अभिजात परिवारों की महिलाओं द्वारा आभूषण के रूप में प्रयोग किया जाता था। अपनी प्रभावशाली संरचना के कारण आकार में यह एक गिरजाघर जैसा दिखता है। मोनर्स के ललित कला संग्रहालय में 'वान गाग प्रदर्शनी' में डच चित्रकार वान गाग के अद्भुत कार्यों का भी आनंद लिया जा सकता है। घूमने के लिए सबसे दिलचस्प जगह है पेपरगूगल-मुंडनियम, जहाँ उन्होंने सार्वभौमिक दशमलव वर्गीकरण नामक एक प्रणाली विकसित की, जिसे सूचनाओं का वर्गीकरण एवं आदान-प्रदान करने के लिए डिजाइन किया गया था।

गेंट

गेंट शहर भी अद्भुत है। फ्रलैंडर्स बेल्जियम के उत्तरी भाग में स्थित यह शहर ऐतिहासिक होने के साथ-साथ कलात्मक शैली के नमूनों से भी भरा पड़ा है। यह शहर ग्रैफिटीएली और पूर्व डॉकसाइट ग्राइंडर बकेन, जैसे नामित स्थानों के साथ अपनी सड़क सीमा साझा करता है। स्थानीय लोग बसंत एवं गरमी के मौसम में काम करने के बाद बीयर पीना और दोस्तों के साथ हँसी-खुशी बैठना पसंद करते हैं। गेंट के ग्रेवेस्टीन और ओल्ड टाउन में कभी गिनती भर के भव्य घर थे। यह एक प्रभावशाली किला सीरिया में निर्मित क्रूसेडर्स के महल से प्रेरित बताया जाता है। यह बेहद प्रभावशाली इमारत अब यूरोप के सबसे बेहतरीन जीवित खँड़हर किलों के सबसे अच्छे उदाहरणों में से एक है और अविश्वसनीय रूप से अच्छी तरह संरक्षित भी। कैथेड्रल ऑफ सेंट बावो, गेंट, बेल्जियम में सबसे अच्छी धार्मिक वास्तुकला में से एक है, यह उच्च गोथिक गाना बजानेवालों और रोमन स्क्रिप्ट के साथ राजसी कैथेड्रल है। गेंट का सबसे अद्भुत पर्यटक आकर्षण इसकी आंतरिक कलाकृति है, जो विशेष रूप से फ्रलेमिश कृति को द अल्टार ऑफ गेंट के रूप में जाना जाता है।

गेंट के पास न कवले महान् आर्किटेक्चर हैं, बल्कि अग्रणी बावर्ची भी हैं, जो जुनून के साथ अपने कौशल का प्रदर्शन करते हैं। गेंट शाकाहारियों की सबसे पसंदीदा शहर है, क्योंकि यहाँ मांसाहारी लोगों के लिए सीमित विकल्प मौजूद हैं। वर्ष 2009 में इस शहर को मांस-मुक्त घोषित किया गया। गेंट के संग्रहालयों में फ्रलैंडर्स के पुराने से लेकर नवीनतम कलाकृतियों के नमूने देखने को मिलते हैं, हालाँकि जीवंत और जीवन से भरपूर गेंट शहर में शांत जगह भी है, जैसे गार्डन ऑफ ईडन या सेंट पीटर्स ए.बी.के. उद्यान, जहाँ लोग बस आराम करने आते हैं और घास पर लेटते हुए प्रकृति का लुत्फ उठाते हैं।

लीज

लीज बेल्जियम के वालोनिया क्षेत्र के पूर्वी भाग में स्थित, लेगनीदरलैंड्स और जर्मनी की सीमाओं के पास मुस नदी के किनारे स्थित एक शहर है। यह उन शहरों में से एक है, जो पर्यटकों को बहुत आकर्षित तो नहीं करते, लेकिन इसके पास बहुत कुछ है। शहर में आकर्षक वास्तुकला है, जो ऐतिहासिक स्थलों और अद्भुत वफल को लुभाती है। यह वालोनिया का आर्थिक केंद्र है और इसका औद्योगिक अतीत इस किनारों के आसपास थोड़ा मोटा बनाता है। लीज शहर दक्षिण की सांस्कृतिक राजधानी भी है और शहर की खूबसूरती का लुत्फ उठाने हेतु सबसे अच्छा तरीका पैदल घूमना है।

लीज शहर

प्रिंस-विशपपैलेस, एक समय पर लीज के प्रिंस-विशप का निवास भी था। अब पैलेस ऑफ जस्टिस और प्रांतीय पैलेस भी है। केवल विशेष

दिनों में ही इनके अंदर जाया जा सकता है। ओल्ड टाउन आर्किटेक्चर से परिपूर्ण, लीज में सेंट पॉलकैथेड्रल और चर्च ऑफ सेंट बार्थोलेमेव जैसे खूबसूरत ऐतिहासिक स्थल हैं।

नामुर

यहाँ का एक और सुंदर शहर है 'नामुर'। यह देश के दक्षिणी भाग में स्थित है और बेल्जियम की फ्रांसीसी बोलनेवाले हिस्से वालोनिया की राजधानी है। नामुर में अद्वितीय आकर्षण के साथ कई दिलचस्प गंतव्य है। सत्रहवीं और अठारहवीं शताब्दी की शेष वास्तुकला और मीयूज और सैमब्रे नदियों के आसपास इसकी विशेष भौगोलिक स्थिति यह यात्रा करने के लिए एक शानदार स्थान बनाती है।

नामुर (बेल्जियम)

शहर के सौंदर्य को दरशाने वाले सैंब्रे और मीयूज के बीच गाइडेड टूर और बोट राइड्स हैं। इतिहास प्रेमियों के लिए गढ़ के चारों ओर घूमना, जो पूरे यूरोप में कुछ अच्छी तरह से संरक्षित गढ़ों में से एक है, बड़ा दिलचस्प है। पहाड़ी की चोटी पर स्थित होने के कारण यह शहर के मनोरम दृश्य के लिए सबसे अच्छा है। कला प्रेमियों के लिए फेलिसिएनरोप्स (FelicienRops) म्यूजियम प्रदर्शन मधुरगंतव्य है। शहर में एक 403 साल पुराना कैफे है, द रतिनटोट, जो शहर के कुछ अन्य स्थानों की तरह अपने भोजन और बीयर के लिए प्रसिद्ध है।

एंटवर्प फ्रलैंडर्स के क्षेत्र में बेल्जियम के उत्तरी भाग में स्थित एंटवर्प बेल्जियम का दूसरा सबसे बड़ा और खूबसूरत शहर है। यह मध्ययुगीन और आधुनिक का सही मिश्रणवाला शहर है। हिपकॉफी बार, प्रामाणिक विनाइल रिकॉर्ड की दुकानों और सेकंड हैंड कपड़ों की दुकानों की बहुतायत के लिए भी यह जाना जाता है। शहर में कई अद्भुत आधुनिक स्थापत्य कलाएँ हैं, जैसे पैलेस ऑफ जस्टिस, पोर्ट हाउस बायजादाहिद और सेंट्रल स्टेशन। अभी भी शहर के कुछ हिस्से हैं, जैसे कि कॉगल्स ओसली, गोर्टमेर्कट और मध्ययुगीन किले हिनास्टीन, जो शहर के ऐतिहासिक आकर्षण को समेटे हुए हैं। कॉफी बार और फैशनबुटीक के साथ कॉफी और फैशन-प्रेमियों के लिए यह शहर एक स्वर्ग भी है। एंटवर्प के कैथेड्रल ऑफ अवर लेडी, जो यूरोप के कम देशों में सबसे बड़ी गोथिक चर्च है, यहाँ अवश्य जाना चाहिए। यहाँ तक कि अपनी आधुनिक जीवन-शैली के साथ शहर अभी भी अपनी परंपराओं के संपर्क में है और अपनी संस्कृति एवं लोकगाथाओं पर गर्व करता है।

नामुर (बेल्जियम)

इनके अलावा द बैटल फील्ड ऑफ फ्रलैंडर्स और वाटरलू जैसे युद्ध के मैदान हैं, जो इतिहास में सबसे प्रसिद्ध लड़ाई के साक्ष्य हैं। ब्रूज और मेकलेन ओल्ड टाउन में बेसिलिका ऑफ द होली ब्लड जैसे कस्बे भी हैं। जो मध्ययुगीन बेल्जियम की भावना को दरशाते हैं। देश के दक्षिण-पूर्व में शानदार सेसम घाटी शहरों और कस्बों से एक आदर्श दृष्टि मार्ग है। सेमॉइस नदी घने जंगल की पहाड़ियों से होकर गुजरती है और एक प्रमुख पर्वतीय क्षेत्र है। क्षेत्र के माध्यम से एक नदी तट यात्रा परिदृश्य को देखने का एक कम-कर तरीका है। किसी भी प्रकृति-प्रेमी के लिए यहाँ मुसवैली, मिननेवाटर लेक और सोनियनफॉरेस्ट आदि दर्शनीय स्थल हैं।

प्राकृतिक सौंदर्य और पर्यावरण की रक्षा के लिए समर्पित युवा

बेल्जियम में विश्व धरोहर स्थल भी हैं। संयुक्त राष्ट्र शैक्षिक, वैज्ञानिक और सांस्कृतिक संगठन (यूनेस्को) दुनिया भर के सांस्कृतिक और प्राकृतिक विरासत की पहचान, संरक्षण और संरक्षण को प्रोत्साहित करते हैं, जो मानवता के लिए उत्कृष्ट मूल्य हैं। यहाँ खूबसूरत देश अपने बेगुनायज, कार्निवल, बेलफ्री, कोलमाइंस आदि के माध्यम से यूनेस्को की विश्व धरोहर सूची में शामिल है।

ब्रसेल्स में ग्रैंड-प्लेस शहर का केंद्रीय वर्ग है और 1998 में इसे यूनेस्को की विश्व धरोहर सूची में दर्ज किया गया। इसे दुनिया की सबसे खूबसूरत जगहों में से एक माना जाता है, जो अपनी आबोहवा और सौंदर्य के लिए भी जानी जाती है। ग्रांड-प्लेस उल्लेखनीय रूप से सत्रहवीं सदी के अंत से सार्वजनिक और निजी भवनों की सजातीय संस्था है। इन इमारतों में गिल्ड हाउस, सिटीहॉल और मैसनूड रोई शामिल हैं। वास्तुकला की यह उत्कृष्ट कृति महत्त्वपूर्ण राजनीतिक और वाणिज्यिक केंद्र में इस अवधि के सामाजिक और सांस्कृतिक जीवन का एक विषद चित्रण पेश करती है।

भारी बमबारी को भी ठेंगा दिखाता यह ऐतिहासिक शहर वाकई दुनिया की एक विरासत है। शिल्प कौशल के प्रतीक इस शहर को लुईस चौदहवें ने नष्ट करने की पूरी कोशिश की। इस पर बम भी बरसाए, मगर यह आज भी सुरक्षित है। यही नहीं, यह शहर स्थापत्य और कलात्मक शैली के दुर्लभ सम्मिश्रण का एक उत्कृष्ट नमूना है, जो इस क्षेत्र की संस्कृति और समाज का आईना है। इसकी वास्तुकला, गुणवत्ता और सार्वजनिक खुली जगह के रूप में इसकी अद्भुत गुणवत्ता दर्शनीय है। यही नहीं, यह अत्यधिक सफल व्यापारिक शहर ब्रुसेल्स के विकास को भी दरशाता है। आजकल कई त्योहार और सांस्कृतिक कार्यक्रम हैं, जो ग्रैंड-प्लेस पर आयोजित किए जाते थे, जैसे फ्रलॉवरकारपेट, क्रिसमस ट्री, मेयूम, बारात का जुलूस आदि को यहाँ भी आयोजित किए जाते हैं।

फ्रलेमिश क्षेत्र

फ्रलैंडर्स और वालोनिया के बेलफ्रीज शहरी क्षेत्र के केंद्र में बने ऊँचे टावर हैं, यहाँ की समृद्धि और शक्ति के प्रतीक हैं। बेल्जियम में

1999 में यूनेस्को की विश्व-धरोहरों की सूची में 33 बेलफ्रीज पंजीकृत हैं, इनमें से 26 फ्रलैंडर्स में और 7 वॉलोनिया में हैं। बेलफ्रीज नागरिक स्वंतत्रता की जीत के वेशकीमती निशानियाँ हैं। ग्यारहवीं और सत्रहवीं शताब्दी के बीच निर्मित ये रोमन, गोथिक, पुनर्जागरण और वास्तुकला की बारीक शैली के प्रतिनिधि हैं। बेलफ्रीज एल्डरमेन की शक्ति की प्रतीक हैं और सदियों से शहर के प्रभाव और धन का प्रतिनिधित्व करते आए हैं।

फ्रलैंडर्स और वालोनिया के घंटाघर शहरी वास्तुकला कौशल के साथ-साथ उस दौर की राजनीतिक और आध्यात्मिक प्रभुता भी गवाह है। ये घंटाघर मध्य युग के दौरान उभरते शहरों में प्रचलित सामंती व्यवस्था से मिली हुई नई आजादी के भी प्रतीक हैं। बेल्फ्रिज को सशस्त्र संघर्षों से खासा नुकसान हुआ है, लेकिन उनकी मजबूत पहचान और नियमित पुनर्निर्माण समुदायों का उनके प्रति लगाव दिखता है।

ऐतिहासिक केंद्र ब्रूज मध्ययुगीन काल के दौरान एक वाणिज्यिक महानगर के रूप में जाना जाता था। मध्ययुगीन ऐतिहासिक बस्ती का यह एक उत्कृष्ट उदाहरण है। ब्रूज ने सदियों से अपने विकास के दौरान अपने ऐतिहासिक महत्त्व को भी बनाए रखा। यूरोप की वाणिज्यिक और सांस्कृतिक राजधानी के रूप में ब्रूज ने दुनिया भर से सांस्कृतिक संपर्क विकसित किए। मध्य युग में यह जन वैन आईक और हंस मेमलिंग जैसे कलाकारों द्वारा चित्रों के संरक्षण और विकास का केंद्र भी था। यह वास्तुकला के विकास की भी गवाही देता है, विशेष रूप से एक लंबी अवधि में ईंट गोथिक वास्तुकला में ऐतिहासिक केंद्र ब्रूज 2,000 में यूनेस्को की विश्व विरासत सूची में शामिल कर लिया गया।

आर्किटेक्ट विक्टर होर्ता (ब्रुसेल्स) के प्रमुख टाउन हाउस विक्टर, बैरन हॉर्टाघेंट में जनमे बेल्जियन थे। जो आर्ट नोव्यू शैली के उत्कृष्ट

वास्तुकार थे। हेनरी वैन डी वेल्दे और पॉल हैंकर के साथ आधुनिक बेल्जियम वास्तुकला के अग्रणी के रूप में पहचान बनानेवाले विक्टर बैरन हॉर्टा की एक अलग पहचान है। आर्ट नोव्यू कला की एक सजावटी शैली है, जो पूरे यूरोप और संयुक्त राज्य अमेरिका में 1890 व 1910 के बीच फली-फूली। आर्ट नोव्यू में ज्यादातर इंटीरियर डिजाइन, आभूषण, वास्तुकला, काँच के डिजाइन और चित्र शामिल हैं। माना जाता है कि उन्नीसवीं सदी की कला और डिजाइन के बहुत से आयामों के प्रभावी होने के बीच यह एक नई शैली बनाने का एक जान-बूझकर प्रयास किया गया था।

आर्ट नोव्यू के कुछ सबसे उत्कृष्ट उदाहरण, जो ब्रसेल्स में स्थित आर्किटेक्ट विक्टरहोर्ता के मेजर टाऊन हाउस हैं—होटल टैसेल (1893), होटल सोल्वे (1894), होटल वैनएटेवेले (1895) और विक्टरहोर्ता का हाउस एंड वर्कशॉप। ओपन योजना, प्रकाश का प्रसार और संरचना की घुमावदार रेखाओं की संरचना के साथ जुड़ने की शानदार संरचना, कार्यों द्वारा प्रस्तुत शैलीगत क्रांति की विशेषता दरशाता है। ये चार घर इस बेल्जियम के वास्तुकार की अपार प्रतिभा के प्रमाण हैं, दरवाजे के हैंडल या घंटी से लेकर फर्नीचर के कम-से-कम टुकड़े तक इमारत के सबसे छोटे विस्तार पर ध्यान देने के साथ एकता की एक उल्लेखनीय भावना को प्राप्त करते हैं।

मानव रचनात्मक प्रतिभा का यह काम कला और वास्तुकला में प्रभावशाली आर्ट नोवने शैली की उच्चतम अभिव्यक्ति का प्रतिनिधित्व करता है। उन्नीसवीं शताब्दी के समापन वर्षों में कला नोव्यू की उपस्थिति ने पश्चिम में वास्तुकला के विकास में एक निर्णायक चरण को चिह्नित किया और ब्रुसेल्स में विक्टर होर्ता के टाऊन हाउस अपने कट्टरपंथी नए दृष्टिकोण के लिए असाधारण गवाह हैं।

इसके अतिरिक्त स्पिएन्नेस में नव पाषाण चकमक खदान यूरोप में प्राचीन खानों की सबसे बड़ी खान है, जो 100 हेक्टेयर से अधिक क्षेत्र में फैली है। बेल्जियम के मॉन्स शहर के दक्षिण-पूर्व में स्थित यह खान निष्कर्षण के लिए उपयोग किए जानेवाले तकनीकी समाधानों की विविधता का भी स्मारक है। उत्तर-पश्चिम यूरोप की प्राचीन खानों की सबसे बड़ी और जल्द-से-जल्द सांद्रता होने के नाते, द न्यू ओलिथिक फ्रिलंट माइंस इन द स्पीयनेस, प्रारंभिक मानव आविष्कार का असाधारण प्रमाण है। पाँचवीं सहस्राब्दी के अंतिम तीसरे भाग से लेकर तीसरी सहस्राब्दी के पहले भाग तक नवपाषाणकाल में मानव सांस्कृतिक और तकनीकी विकास में प्रमुख मील का पत्थर चिह्नित किया, जो कि स्पेंनस में प्राचीन चकमक खानों के विशाल परिसर के माध्यम से स्पष्ट रूप से चित्रित किया गया था। स्पेंनस में चकमक खानों ने मानव तकनीकी और सांस्कृतिक प्रगति के एक प्रारंभिक चरण को चिह्नित किया। इसे 2,000 में यूनेस्को की विश्व विरासत सूची में दर्ज किया गया था।

स्टोकलेट हाऊस रचनात्मक प्रतिभा का एक उत्कृष्ट प्रमाण है। इसे 1905 से 1911 तक ब्रुसेल्स में जोसेफ हॉफमैन द्वारा बनाया गया था, जो वियना में केंडेशन आंदोलन के प्रमुख वास्तुकारों में से एक थे। बैंकर और कला संग्रहकर्ता एडॉल्फ स्टोकलेट ने इस घर का निर्माण किया। इसकी बाहरी वास्तुकला, इसकी आंतरिक वास्तुकला, सजावट, इसके फर्नीचर और इसके बगीचे का आपसी संयोजन दर्शनीय है। स्टोकलेट हाऊस की सजावट वियनासेक्शंन के कल्लों से प्रभावित थी, जिसमें कोलमनमोजर, गुस्ताव क्लिम्ट, फ्रांट्जमेटजनर, रिचर्डलुक्स और माइकल पॉवनी सहित अनेक कलाकारों का बहुत बड़ी संख्या में योगदान था। शुरुआत में इसके स्कूल के सबसे प्रतिनिधि और परिष्कृत कार्यों में से एक के रूप में मान्यता प्राप्त, ब्रुसेल्स में बनाई गई वास्तुकला, आर्ट नोव्यू के लिए एक प्रमुख स्थान, वास्तुकला में आधुनिता और आर्ट डेको

के जन्म पर काफी प्रभाव डाला। इसे 2009 में यूनेस्को की विश्व धरोहर सूची में शामिल किया गया था।

ली कार्बुजियर का वास्तुशिल्प कार्य आधुनिक आंदोलन के लिए एक उत्कृष्ट योगदान है। यह शिल्प कला इससे लगी सात देशों में फैली हुई है। बीसवीं शताब्दी का मूलभूत स्थापत्य और सामाजिक चुनौतियों पर उत्कृष्ट प्रतिक्रिया प्रदान करने वाला ले कोर्बुजियर का यह वास्तुशिल्प कार्य मानव रचनात्मक प्रतिभा की उत्कृष्ट कृति का प्रतिनिधित्व करता है। साथ ही यह आधी सदी की एक छोटी सी अवधि में दुनिया भर के बड़े पैमाने पर मानवीय मूल्यों के अभूतपूर्व आदान-प्रदान को प्रदर्शित करता है।

ऐतिहासिक नहर डु सेंटर के इस छोटे से खंड पर चार हाइड्रोलिकबोट-लिफ्रट उच्चतम गुणवत्ता के औद्योगिक स्मारक हैं। वे नहर और उससे जुड़ी संरचनाओं के साथ मिलकर उन्नीसवीं शताब्दी के अंत: कालीन परिदृश्य के उल्लेखनीय रूप से अच्छी तरह से संरक्षित करते हैं। उन्नीसवीं और बीसवीं शताब्दी की शुरुआत में आठ हाइड्रोलिक नाव-लिफ्रट का निर्माण किया गया, जिनमें से केवल एक ही है, जो अभी भी अपने मूल रूप और काम करने की स्थिति में मौजूद हैं, नहर डु सेंटर पर चार लिफ्रट हैं। नहर डु सेंटर के ये नाव-लिफ्रट उन्नीसवीं शताब्दी के यूरोप में हाइड्रोलिक इंजीनियरिंग के उल्लेखनीय विकास के लिए गवाही देते हैं। ये नहरों के निर्माण में इंजीनियरिंग प्रौद्योगिकी के एपोगी का प्रतिनिधित्व करते हैं।

बेल्जियम एक छोटा देश होने के बावजूद सांस्कृतिक रूप से काफी समृद्ध है और कई मध्यकालीन स्मारकों का घर भी। इस पश्चिमी यूरोपीय देश में कई भव्य त्योहारों और कार्यक्रमों का आयोजन होता है। जो भी व्यक्ति इन त्योहारों का हिस्सा रहा है या इसमें शामिल होने का

उसे सौभाग्य मिला है, यकीनन उसे सुखद आश्चर्य जरूर हुआ होगा।

रॉकवेर्चर चार दिनों का एक वार्षिक संगीत समारोह है, जो लेउवेन के पास वेर्चर गाँव में आयोजित होता है। इस त्योहार की प्रमुख शैली रॉक संगीत है, लेकिन फिर भी यह केवल रॉक तक सीमित नहीं है, बल्कि हर तरह के संगीत प्रेमियों को मोहित करती है। रॉकवेर्चर को दुनिया में सर्वश्रेष्ठ संगीत समारोह होने के लिए कई बार 'आर्थर पुरस्कार' भी मिल चुका है। यह रोजाना 88,000 लोगों की मेजबानी कर सकता है। यह त्योहार बेल्जियम में जून के अंतिम सप्ताह से जुलाई के पहले सप्ताह आयोजित किया जाता है।

इसके अलावा 'बूमबल फेस्टिवल' यूरोप में लोक नृत्य और संगीत के क्षेत्र का सबसे बड़ा आयोजन है। फ्रलैंडर्स में यह विशाल उत्सव बेल्जियम के बेहतरीन गायकों एवं गीतकारों से भी परिचय कराता है। दर्शकों के लिए स्थानीय शाकाहारी भोजन के चयन की एक विस्तृत श्रृंखला की पेशकश हेतु कई स्टाल लगाए जाते हैं। इस अलौकिक लोकनृत्य और संगीत को देखने के लिए दुनिया भर से लोक-प्रेमी यहाँ आते हैं। साथ ही चौदहवीं शताब्दी में शुरू किया गया 'कार्निवलडी बिन्चे' एक असाधारण नृत्य है, जो बेल्जियम में सबसे अधिक पसंद किया जानेवाला पारंपरिक त्योहार है। 2003 में यूनेस्को ने इस 'मानवता की मौखिक और अमूर्त विरासत की उत्कृष्ट क्रांति' के रूप में मान्यता दी। मौखिक परंपरा के लंबे इतिहास का यह क्रम हमें लोक-कथाओं के संसार में ले जाता है एवं सामाजिक सरोकारों से जोड़ने का भी प्रयास करता है, जबकि भारत में श्रुति-परंपरा सदियों से चली आ रही है।

इसके साथ ही 'कला-भूमि उत्सव' दुनिया का सबसे अच्छा और सबसे विशाल इलेक्ट्रॉनिक संगीत उत्सव है, जो दुनिया के हर प्रकार के लोगों द्वारा देखा जाता है। इस त्योहार में हर साल सर्वश्रेष्ठ कलाकार,

डीजे, प्रौद्योगिकी और मंच डिजाइन शामिल होते हैं। दुनिया भर के हजारों संगीत प्रेमियों के साथ यह त्योहार फ्रलैंडर्स के एक पार्क में आयोजित किया जाता है। 2005 में इस उत्सव का आरंभ 'आज जिओ, कल प्यार करो, हमेशा के लिए एकजुट हो जाओ' के उद्घोष से हुआ।

यहाँ का 'चॉकलेट फेस्टिवल ऑफ मॉन्स' भी दुनिया में सबसे चर्चित है। बेल्जियम दुनिया भर में अपनी बेहतरीन गुणवत्ता एवं स्वादिष्ट चॉकलेट निर्माता के रूप में जाना जाता है। कोई आश्चर्य नहीं कि दुनिया के शीर्ष मूल्यांकित चॉकलेट त्योहार में से एक का आयोजन बेल्जियम में किया जाता है। बेल्जियम की विभिन्न दुकानें बेहतरीन और स्वादिष्ट चॉकलेट की पेशकश करती हैं। इसी तरह यहाँ 'क्रिसमस बीयर महोत्सव' का भी भव्य आयोजन किया जाता है। इन खाद्य व पेय फेस्टिवल्स के अलावा यहाँ 'ऐनिमेशन फिल्म फेस्टिवल' भी आयोजित किया जाता है। ब्रुसेल्स ऐनिमेशन फिल्म फेस्टिवल, जिसे 'ऐनिमा फेस्टिवल' के नाम से भी जाना जाता है। लगातार 10 दिनों तक चलता है और इसे फरवरी के महीने में आयोजित किया जाता है। दुनिया भर से अनेक लोग विशेष रूप से एनीमेशन निर्माता और एनीमेशन प्रेमी हर साल इसका बेसब्री से इंतजार करते हैं। इस त्योहार का उद्देश्य कंप्यूटर ग्राफिक फिल्मों और क्लिप का उत्पादन करनेवाले लोगों को प्रोत्साहित एवं प्रेरित करना है। विभिन्न प्रकार की शैली से संबंधित लंबी एवं लघु फिल्मों का महोत्सव में यहाँ प्रीमियर किया जाता है। ऐनिमेटेड फिल्म उत्साही नवीनतम और किसी भी आगामी फिल्मों के बारे में बात करने और जानने के लिए इस त्योहार में शामिल होते हैं।

इसके अलावा बेल्जियम का 'फूल महोत्सव' भी अनोखे त्योहारों में से एक है, जो ब्रुसेल्स में अगस्त के तीसरे सप्ताह में हर दो साल बाद संपन्न होता है। ग्रांडप्लेस की ओर जानेवाला मार्ग एक खूबसूरत पुष्पों से आच्छादित रंग-बिरंगे कालीन सा नजर आता है। बेल्जियम एक ऐसा

देश है, जो अपनी संस्कृति, परंपरा और विरासत पर तो गर्व करता ही है, साथ ही अपने खाद्य व्यंजनों के प्रति भी उतना ही सजग और शौकीन है। चॉकलेट, वफल और बीयर जैसे स्नैक एवं पेय के साथ-साथ अन्य लोकप्रिय व्यंजनों के लिए भी यह देश जाना जाता है, शंबुक इन्हीं में एक है। फ्राइज के साथ मसल्स, जिसे फ्रेंच में 'मौल्स-फ्राइट्स' और 'मोसेलेन-फ्रेट' के रूप में भी जाना जाता है, एक क्लासिक बेल्जियम डिश है, जो ब्रुसेल्स में लगभग किसी भी कैफे में आपको आसानी से उपलब्ध हो जाती है। फ्राइज कुछ हद तक बेल्जियम का एक राष्ट्रीय व्यंजन है और आपने कभी भी बेल्जियम के लोगों को अंग्रेजी बोलते हुए भी 'फ्रेंचफ्राइज' बोलते नहीं सुना होगा। नरम ताजे कटे हुए आलू का उपयोग करके जो दो बार तला हुआ होना चाहिए, पहले कम तापमान पर अंदर से पकाने के लिए और फिर बाहर कुरकुरे के लिए उच्च तापमान पर। इन्हें केचप के अलावा कई तरह की चटनी के साथ परोसा जाता है।

इसके साथ ही 'मीट बाल' बेल्जियम का एक पंसदीदा व्यंजन है, जो फ्लैंडर्स और वालोनिया दोनों में बीफ और पोर्क के मिश्रण से तैयार किया जाता है। फ्लैंडर्स बैलेजेस या बॉल्स में आमतौर पर टमाटर सॉस या कभी-कभी बेलीज बेरी सॉस के साथ मक्खन में तलकर परोसा जाता है। दक्षिणी क्षेत्र में मीटबॉल को बीफ स्टॉक, मसाले और सिप्रोडीलेगे, सेब और नाशपाती से बने फल के सीरप के साथ परोसा जाता है, जिससे बुलेटस इजोइस नामक व्यंजन बनाया जाता है।

इसके अलावा फ्लेमिशस्टू एक विशिष्ट बेल्जियम भोजन है, जिसे बीयर में धीरे-धीरे तब तक पकाया जाता है, जब तक कि यह मुँह में ही न पिघल जाए। सब्जी के साथ पकवान के कई रूप हैं, लेकिन बेल्जियम बीयर और बीफ आधारित यह पारंपरिक व्यंजन खासा लोकप्रिय है। साथ ही झींगा मछली आदि के मांसाहारी व्यंजन भी यहाँ खूब परोसे जाते हैं। इन्हीं में से एक व्यंजन है, 'ईल इन द ग्रीन', इसमें ईल मछली को

हरी-जड़ी-बूटियों के साथ तब तक पकाया जाता है, जब तक यह खुद हरा रंग न देने लगे। ऐसे ही खरगोश आदि के गोश्त से भी व्यंजन तैयार किए जाते हैं। यह व्यंजन समुद्र से घिरी किटोन परिवेश का परिचायक है। यहाँ के मैश में स्टोजम बनाने के लिए गाजर जैसी सब्जियाँ हैं, यह एक प्रकार का बेल्जियन मसला हुआ आलू है।

बेल्जियम का एक और विशिष्ट भोजन है, स्टेक टार्टर और मार्टिनों सेंडविच। स्टेक टार्टर प्याज, मेयोनेज, टबैस्को, अंडे की जर्दी, केपर्स, नमक, मांस और अन्य चीजों का मिश्रित व्यंजन है। इसी तरह मार्टिनो सैंडविच डिश एक सस्ता सुलभ व्यंजन है, जो बेल्जियम में खासा लोकप्रिय है। इसी तरह मशरूम, पनीर, आलू के भी व्यंजन तैयार किए जाते हैं। इसके अलावा एक विशेष बिस्कुटी व्यंजन है 'स्पेकुलास'। यह एक अनोखे प्रकार का बिस्किट है, जो 5 से 6 दिसंबर को 'सांता क्लाज' (क्रिसमस) के अवसर पर खूब बिकता है। यहाँ के नागरिकों के साथ-साथ पर्यटकों के बीच भी इसकी जबरदस्त माँग होने से यह साल भर दुकानों में आसानी से मिल जाता है। इसके साथ ही स्वादों वाला पेय पदार्थ है 'जेनेवर'। बेल्जियम में यह एक विशिष्ट पेय है और ज्यादातर क्रिसमस के समय पिया जाता है। अप्रैल से जून तक जब शतावरी का मौसम होता है तो देश में शतावरी से व्यंजन, मुख्य पकवान, स्नैक्स और यहाँ तक कि आइसक्रीम भी तैयार की जाती है। इस तरह खाद्य व्यंजनों में भी बेल्जियम का जवाब नहीं।

□□□